달빛 레모네이드

보름달 커피점

사수자리 사과 사탕

보름달 커피점

별무리 와인과 낮과 밤 혼합 주스

보름달 커피점

게자리 치즈 퐁듀

보름달 커피점

삭월 몽블랑

보름달 커피점

유성군 팝콘

보름달 커피점

막대 폭죽 아이스티

보름달 커피점

초 콜릿 블랙홀

보름달 커피점

진짜 소원을
찾아줄까요?

보름달 커피점의 고양이 별점술사 2

진짜 소원을
찾아줄까요?

모치즈키 마이 지음

사쿠라다 치히로 그림

이소담 옮김

징글책

차례

보름달 커피점의 고양이 별점술사

"'보름달 커피점'에는 정해진 장소가 없습니다.
그때그때 당신이 자주 다니는 상점가나 종착역, 한적한
강변으로 장소를 바꿔가며 마음이 가는 대로 나타난답니다.
또한 우리 가게는 손님에게 주문을 받지 않아요.
오로지 당신만을 위해 특별히 준비한 디저트와 식사,
음료를 제공합니다."

그때 그 커다란 삼색 고양이 마스터는 오늘 밤에도
어디에선가 부드러운 미소를 짓고 있겠지?

• 일러두기
본문의 각주는 독자의 이해를 돕기 위해 옮긴이가 덧붙인 것이다.

서곡

달이 떴다. 반달 모양이 또렷한 달이다.

반달 중에서도 상현달이 하늘 높이에서 반짝이는 밤은 공부하기 좋은 시간이다. 보름달이 되려고 점점 에너지가 차오르는 반달의 힘이 온 세상에 가닿으면서 사람들의 집중력이며 학습 능력에 큰 도움을 준다.

그래서 우리 '보름달 커피점'도 상현달이 뜨는 밤이면 스터디 모임을 연다.

달빛 내리쬐는 넓은 공원 광장에 '보름달 커피점' 트레일러가 포근하게 불을 밝혔다. 트레일러를 중심으로 테이블을 부채꼴 모양으로 놓고, 동료들이 커다란 삼색 고양이 마스터 곁에 모였다.

마스터는 우리 보름달 커피점의 책임자이자 '별점술사'다.

해가 완전히 저문 하늘은 짙은 남색으로 물들었고, 초겨울 바람이 산들산들 불었다. 그래도 트레일러 카페와 그 주변은 달빛이 은은하게 비치며 따뜻해서 모여 공부하는 데 지장은 없다.

이곳에 모인 이들은 오늘 밤 '연결된 동료들'이다. 모두 별의 사자인 '별지기들'이지만 자기 분야의 지식만 알고 있어서 가끔 이렇게 모여 마스터로부터 새로운 지식이나 정보를 얻는다.

한 테이블에 한 학생씩 앉았고, 테이블 위에는 '달빛 레모네이드'가 놓였다.

달빛을 담뿍 받은 레몬으로 만든 레모네이드는 한 모금 마시면 몸과 마음에 달콤새콤한 맛이 스며든다. 퇴근길, 하루일과에 지친 사람들에게 추천하는 음료인데, 지금부터 공부를 시작할 학생들에게도 활력을 불어넣어준다.

"이 레모네이드, 내 머리카락 색이랑 비슷하다."

나 비너스*는 머리카락을 만지작거리며 후후 웃더니, 레모

---

* 로마 신화에 나오는 미와 사랑의 여신 베누스의 영어식 표기. 금성을 영어로 비너스라고도 한다.

네이드를 홀짝이면서 마스터에게 한쪽 손을 번쩍 들었다.

"마스터, 먼저 질문해도 되나요?"

"네, 뭐죠, 비너스?"

"'물고기자리 시대'에서 '물병자리 시대'로 바뀐 건 2000년 즈음인데, 그동안 잠잠하다가 2020년 이후로 갑자기 격동한 이유는 뭐예요?"

마스터가 흐뭇한 표정으로 고개를 끄덕이며 모두를 둘러보았다.

"비의 질문에 대답할 수 있는 분?"

그러자 빨간 머리 청년이 테이블을 손으로 짚으며 일어났다.

"'물고기자리 시대'가 끝난 건 2000년경이지. 그 후로 시대는 '물병자리 시대'로 바뀌었어. 그런데도 시대 분위기가 바뀌지 않고 물고리자리의 시대적 분위기가 그대로 이어진 건 '땅의 시대' 영향이기도 해. 2021년, 정확히는 2020년 12월에 '땅의 시대'가 끝나고 '바람의 시대'가 시작돼. 2020년에 들어서면서 그런 변화의 조짐들이 눈에 확연히 드러나는 거지."

설명을 마치고 빨간 머리 청년이 자리에 앉았다. 그의 이름은 마스.* 생김새가 늠름하고, 머리는 불꽃처럼 윤기가 흐르

* 화성. 로마 신화에 나오는 전쟁의 신.

고, 눈동자는 머리칼처럼 붉은색이다.

"마도 의외로 공부를 열심히 하네……."

불쑥 중얼거린 사람은 은발 소년 머큐리*다. 머큐리는 종종 미소년이라는 소리를 듣는데, 그럴 법도 하게 확실히 중성적인 외모다.

"이름을 제대로 불러. '마'라고 하면 너랑 발음이 비슷해서 헷갈리잖아."

빨간 머리 청년이 노려보자 머큐리가 "하긴" 하고 웃었다.

그들의 대화를 흐뭇하게 지켜보던 삼색 고양이 마스터가 후후 소리 내 웃더니 "여러분의 말이 맞아요" 하고 하던 이야기로 돌아왔다.

"그렇습니다. 19세기 무렵부터 200년 넘게 이 세계는 '땅의 시대'였어요."

나는 뭐가 뭔지 더 헷갈려서 얼굴을 살짝 찌푸렸다.

"기원후 '물고기자리 시대'가 시작되었고, 그 후로 2000년 경까지 내내, 즉 약 2천 년간 '물고기자리 시대'였다면서요? 그런데 '땅'이니 '바람'이니 하는 시대는 또 뭐예요?"

질문을 하면서도 머릿속이 점점 더 혼란스러웠다. 옆에 앉

---

* 수성. 로마 신화에 나오는 신 메르쿠리우스의 영어식 표기다.

은 머큐리가 나를 보고 멍하니 입을 벌렸다.

"뭐야, 너. 그런 것도 몰라? 맨날 의기양양한 얼굴로 손님한테 조언할 땐 언제고."

"천궁도라면 대충은 알아. 하우스의 특징이나 행성에 관한 설명이라면 말야. 또 나는 말하자면 위대한 계시를 받아서 전달한다고 할까. 뭐 그러니까 무당이랑 비슷한……."

"감으로 말한다는 거네?"

"감이랑은 다르거든! 우주의 의지를 전달하는 거야."

머큐리의 말에 발끈하긴 했지만 내심 위축이 되긴 했다.

머큐리가 "아이고, 그러세요" 하고 한숨을 쉬었다. 하여간 머큐리는 진짜 건방지다. 그러자 곧바로 마스가 머큐리를 날카롭게 노려보았다.

"비는 감성적인 별이야. 좀 더 존중해야지."

"아, 네에."

머큐리의 대답에는 진심이 전혀 담겨 있지 않았다.

마스터가 다시 본론으로 돌아가자면서 회중시계를 꺼냈다. 평범한 시계인 동시에 가끔 특별한 일을 벌이는 재미있는 시계다.

밤하늘에 물고기자리와 물병자리 기호가 떠올랐다.

"마와 머가 말한 대로 대략 2000년까지 약 2천 년간 '물고기자리 시대'였어요. 지금은 '물병자리 시대'가 되었는데, 이런 별자리 시대는 다름 아닌 '춘분점'을 가리킵니다. 춘분점의 시작이 물고기자리에 있었어요. 그게 물병자리로 바뀐 거죠."

"춘분점……."

나는 여전히 어리둥절한 얼굴로 중얼거렸다.

"계절이 바뀌면 입는 옷도 달라지고, 몸의 움직임에도 변화가 생기지요? 그걸 두고 '생활양식이 달라진다'라고 표현해도 좋겠죠. 계절의 변화와 마찬가지로 시대의 변화는 많은 것을 변화시켜요."

마스터가 설명을 이어갔다. 나는 질문을 퍼붓고 싶은 마음을 억누르고, 지금은 일단 얌전하게 귀를 기울였다.

마스터의 설명은 이랬다.

지금까지는 '물고기자리'라는 시대 속에서 '불', '땅', '바람', '물' 4원소가 순환했다.

'불'은 기승전결의 기. 불의 속성인 별자리는 양자리, 사자자리, 사수자리.

'땅'은 기승전결의 승. 땅의 속성인 별자리는 황소자리, 처녀자리, 염소자리.

'바람'은 기승전결의 전. 바람의 속성인 별자리는 쌍둥이자리, 천칭자리, 물병자리.

'물'은 기승전결의 결. 물의 속성인 별자리는 게자리, 전갈자리, 물고기자리.

이 네 가지 원소의 순환을 '전환mutation'이라고 하는데, 약 200년을 주기로 전환이 이루어진다.

"이게 어떤 식으로 이루어지느냐면……."

마스터가 성큼성큼 걸어와 신사처럼 양복을 차려입은 중년 남성 사투르누스*와 통통하고 다정다감한 중년 여성 주피터**의 어깨에 손을 얹었다.

"여기 토성과 목성은 사회적 영향력이 아주 강한 별이죠. 이 두 별이 약 20년을 주기로 일렬로 만나게 됩니다. 그걸 '대근접', 즉 '그레이트 컨정션great conjunction'이라고 하고, 그 주기를 '회합주기'라고 해요."

'컨정션'은 점성술 용어인데, 한자어로는 합合, 즉 '합쳐진다'라는 뜻이다.

나는 '아, 그렇구나' 고갯짓을 하며 노트에 '그레이트 컨정션'이라고 받아적었다.

"20년에 한 번, 새턴과 주피터가 찰싹 달라붙는다는 거군요."

---

* 토성, 영어식 표기는 새턴. 그리스 신화에 나오는 크로노스의 라틴어 명칭이다.
** 목성. 로마 신화의 최고신 유피테르로 영어식 표기다.

사투르누스가 "새턴이라고 하지 말라고……. 사투르누스야" 하고 얼굴을 찌푸렸다. 옆에서 주피터가 뭐 어떠냐며 즐겁게 웃었다.

"네, 그렇습니다."

마스터가 내 말에 고개를 끄덕였다.

"토성과 목성의 회합주기는 20년인데, 약 200년에 한 번 회합하는 위치가 달라져요. 예를 들어 '불'의 원소 위치에서 '땅'의 원소 위치로 달라지는 식이죠. 가장 최근에 있었던 토성과 목성의 회합을 살펴보면, 19세기 무렵부터 2020년까지는 황소자리, 처녀자리, 염소자리인 '땅'의 원소에서 그 두 별이 만났어요. 다만."

마스터가 회중시계의 태엽 꼭지를 두 번 꾹꾹 눌렀다.

"2020년 12월 하순에는 토성과 목성이 '바람'의 원소인 '물병자리'에서 만납니다. 앞으로 약 200년은 '바람'의 원소인 쌍둥이자리, 천칭자리, 물병자리에서 회합하게 되죠."

마스터의 말이 끝나자, 회중시계가 반짝이더니 밤하늘에 두 개의 그림이 나타났다.

나는 마스터의 설명을 이해하고 자리에서 일어났다.

"알겠어요! 그러니까 이런 거죠? 아, 내가 좋아하는 연극

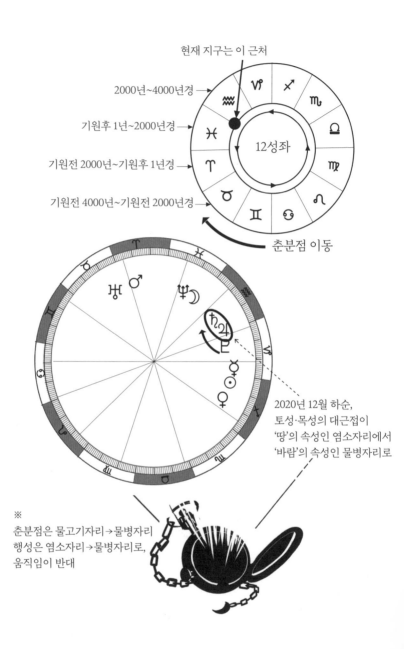

현재 지구는 이 근처

2000년~4000년경 →

기원후 1년~2000년경 →

기원전 2000년~기원후 1년경 →

기원전 4000년~기원전 2000년경 →

12성좌

춘분점 이동

2020년 12월 하순,
토성·목성의 대근접이
'땅'의 속성인 염소자리에서
'바람'의 속성인 물병자리로

※
춘분점은 물고기자리→물병자리
행성은 염소자리→물병자리로,
움직임이 반대

무대로 예를 들게요."

나는 미리 허락을 구하고, 머릿속으로 정리한 이야기를 발표했다.

기원후 1년부터 2000년까지 '물고기자리 시대'가 주제인 공연 무대가 있다.

물고기자리 이야기를 진행하면서 연출에 따라 '불', '땅', '바람', '물'로 무대 조명에 변화를 주었다. 같은 무대라도 빛이 달라지면 분위기가 전혀 다르니까.

19세기 이후부터 최근까지인 약 200년간 무대는 '땅'의 스포트라이트가 비쳤고, 그 빛을 받은 채로 물고기자리의 이야기가 끝났다.

물고기자리 공연이 막을 내리고 곧바로 '물병자리 시대' 이야기가 시작되었으나, 스포트라이트만은 여전히 '땅'이다. 그러니 관객은 공연이 바뀐 줄 미처 알아차리지 못했다. 무대 분위기가 똑같았기 때문이다.

그러다가 2020년 12월 하순, 마침내 무대 조명이 바뀐다.

이번 스포트라이트는 '바람'의 빛이다. 관객들은 이제야 공연이 달라진 걸 깨닫는다.

"그런 식으로 '바람'의 스포트라이트가 무대에 내리쬐는 순간, 무대는 만반의 준비를 하고서 물병자리 일색이 되는 거네요?"

내 말에 마스터가 적절한 설명이라며 기뻐했다.

"비의 비유로 말하면, 물병자리에 '바람'의 스포트라이트가 비추기 직전인 2020년 1년간은 과도기였다고 할 수 있어요. 시대 성질이 달라졌다는 건 곧 사회 구조가 달라진다는 걸 의미하죠. 그러니 지금까지 상식을 깨부수는 사건이 연달아 발생해요. 시대가 바뀐 뒤에도 몇 년 동안은 세상이 조금 혼란스러워요. 우리 별지기들이 머뭇거리고 헤매는 사람들을 조금이라도 밝은 곳으로 이끌어줄 수 있는 빛이 되기를 바랍니다."

마스터의 말에 우리는 묵묵히 동의했다.

"자, 이제 곧 12월이죠. 사람들에게는 특별한 계절이에요. 올 크리스마스이브에도 '보름달 커피점'은 특별 영업을 할 예정입니다."

마스터의 말을 듣자마자 우리의 얼굴이 반짝 밝아졌다.

이 커피점은 원칙적으로 보름달(때때로 삭월朔月*)이 뜬 밤에만 문을 연다. 단, 매년 크리스마스이브는 달이 이지러져도 특별 영업을 한다.

---

* 음력 초하룻날의 달. 달이 지구와 태양 사이에 들어와 일직선을 이루어 지구에서는 보이지 않는다.

"올해도 가게 영업이 끝나면 잔치하자."

"그래, 송년회 하자!"

나와 주피터가 재잘대며 기뻐하자, 머큐리가 살짝 어깨를 으쓱였다.

"잔치나 송년회라고 하니까 되게 옛날 사람 같잖아. 요즘 사람들처럼 '크리스마스 파티'라고 해라."

다들 떠들썩한 와중에 사투르누스만은 평소처럼 냉정한 표정이다. 파티에 흥미 없다는 표정이지만, 워낙 성실해서 매년 빠지지 않고 참여한다.

마스터는 신이 난 우리를 바라보며 안 그래도 가느다란 눈을 더욱 가늘게 뜨며 흐뭇한 표정을 지어보였다.

"아, 그러면 연말에는 드디어 그 남자와 그 여자의 의뢰를 실행할 수 있겠어요."

'의뢰를 실행한다니' 나는 갑자기 그게 무슨 소리인가 싶어 미간을 찌푸렸다.

루나*는 뭔지 알아차렸는지 "아하" 하고 맞장구를 쳤다.

"그 여자는 21년 전의 그 아이죠."

"어? 21년 전에 무슨 일이 있었어?"

---

* 로마 신화에 나오는 달의 신.

"내 친구였던 아이야. 멀리 여행을 떠나기 전에 부탁을 하나 했었어. 그렇구나……, 드디어 때가 왔어."

나와 루나의 대화를 듣고 마스터가 그렇다고 말을 받았다.

"또 그 남자의 의뢰는 14년 전이었죠. 기묘하게도 7의 배수네요."

그러자 우라노스*가 히죽 웃으며 턱을 괴었다.

"마스터, 무슨 말씀을. '7'과 그 배수는 이 우주에서 아주 인연이 깊은 숫자니까 기묘하다고 말할 정도는 아니죠."

"너는 7년 주기로 별자리를 이동하지."

머큐리가 말하자 우라노스가 "그렇지" 하며 고개를 끄덕였다.

"토성 아저씨는 7년마다 시련을 우르르 퍼붓고."

"토성 아저씨라니……. 몇 번이나 말하지만 '시련'이 아니라 '과제'라니까."

사투르누스가 불만스럽게 한숨을 내쉬었다.

"에이, 사람에 따라서는 과제도 시련이야."

우리가 왁자지껄 떠들자 마스터가 진정하라고 모두를 달랬다.

---

* 천왕성. 그리스 신화에 나오는 하늘의 신.

"하던 이야기를 마무리하죠. 자세한 의뢰 내용은 앞으로 설명하겠어요. 아무튼 그런 사정이 있으니 올해 12월은 크리스마스이브 말고도 특별 영업을 하는 날이 많아질 겁니다. 모쪼록 잘 부탁해요."

"네!"

모두 입을 모아 대답했다.

"뭔지 모르겠지만 열심히 해야겠다!"

내가 의욕적으로 주먹을 움켜쥐자, 머큐리가 마뜩잖다는 듯이 한소리했다.

"비, 열심히 하는 건 좋은데 너 진짜 괜찮겠냐?"

"뭐가?"

"말이 좋아 별점술사지, 넌 기초 중의 기초도 잘 모르잖아. 제대로 공부는 했냐?"

약점을 찔려 나는 몸을 웅크렸다.

"하지만 나는 아까 마스가 말한 것처럼 감성을 살리는 쪽이란 말이야……. 애초에 별에 관한 공부보다 타로가 특기인걸……."

내 딴에 변명을 하고 있는데, 옆에서 주피터가 킥킥 웃었다.

주피터는 웨이브 진 갈색 긴 머리가 아름답다. 분위기가 꼭 재즈 가수 같다.

"마스도 말했듯이 비의 역할은 '즐거움'과 '감성'을 살리는 거야. 공붓벌레인 머큐리와는 다르지."

"아아, 주피터!"

나는 벌떡 일어나 주피터의 품에 안겼다.

"비의 장점이 바로 그거니까."

"고마워, 주피터. 맞아, 나는 즐거운 게 좋아. 그러니까 이번에는 꼭 반짝반짝한 곳에 가게를 내고 싶어."

"어머, 재밌겠다. 그러고 보니 곧 한겨울이 될 텐데, 반짝반짝 일루미네이션 장식이 예쁜 곳에 가고 싶다."

떠드는 우리를 보고 사투르누스가 기가 막힌다는 듯이 한숨을 쉬었다. 늘 그렇듯이 까다로운 표정으로 안경을 고쳐 썼다.

"하여간 주피터, 매번 비의 응석을 받아주지."

"그야 우리는 사이가 좋으니까."

"맞아."

나와 주피터가 입을 모아 말하자, 사투르누스와 머큐리는 서로 얼굴을 마주보며 포기했다는 듯이 어깨를 으쓱였다. 한편 마스는 이렇게 중얼거렸다.

"뭐, 사이가 좋은 건 잘된 일이지."

마스는 다 큰 청년이지만 사춘기 소년 같은 면도 있다. 말투는 퉁명스럽지만 언제나 나를 응원해준다.

그런 마스에게 나의 멋진 모습을 보여주고 싶어 고개를 들고 질문했다.

"그런데요, 마스터. 앞으로 오래오래 이어질 '물병자리 시대'는 어떻게 살아야 바람직할까요?"

그러자 마스터는 "으음" 하고 고민하며 고개를 갸웃거렸다.

"제일 중요한 건 역시 자기 자신을 아는 것이죠."

모두가 그 말이 옳다고 동의했고, 머큐리도 끼어들었다.

"자신의 출생 천궁도natal chart를 제대로 파악하고, 자기가 어떤 속성의 인간인지 알아두면 살기 편하지."

"그런 건 나도 당연히 아는데, 좀 더 알기 쉬운 설명은 없을까? 나도 별점술사 수습생으로서 가끔 길거리에서 상담해줄 때가 있는데, '출생도'나 '속성'이라고 말하면 뭔지 모르겠다는 반응이 많아."

이번에는 사투르누스가 대답했다.

"그렇다면 자기 과제를 알면 되겠지."

"새턴이 말하는 과제는 '시련'이잖아? 그건 하나도 안 즐거우니까 싫어."

내가 고개를 휙 돌리자 "안 즐겁다니……" 하고 사투르누스가 눈을 왕방울만 하게 뜨고 당황한 표정을 지었다. 그런 우리를 보며 모두 킥킥 웃었다.

길고 찰랑찰랑한 까만 머리의 미인 루나도 후후 웃으며 입을 열었다.

"자기가 어떤 사람인지 자기 본질을 알려면 먼저 '달'의 위치를 알아야 하겠지?"

루나가 아주 작은 목소리로 조곤조곤 설명했다. 루나는 오페라를 부를 때면 어마어마하게 힘이 넘치는데, 평상시에는 목소리가 작다.

"달의 위치……. 그러고 보니 세리카와 선생님의 달이 '집'을 뜻하는 제4하우스에 있었지?"

나는 전에 우리를 찾아왔던 여성을 떠올리며 노트에 끄적였다. 루나가 그렇다고 하며 설명을 보탰다.

"하우스도 그렇지만 별자리도 중요해."

"달의 별자리, 월궁 별자리를 말하는 거지?"

월궁 별자리도 중요하다고 받아적었다.

"또 '자기 자신을 즐겁게 알아가는 방법'은……."

마스터가 그리 말하는 순간 달빛이 강해졌다.

달이 하늘 꼭대기에 도착했다. 그 달의 영향을 받아 우리는 고양이로 변했다.

루나는 새까만 고양이, 머큐리는 샴, 마스는 아비시니안, 주피터는 메인쿤, 사투르누스는 하얗고 까만 턱시도, 우라노스는 싱가푸라, 나는 하얀 페르시안으로.

우리 모두 눈동자에 달빛을 가득 담고 마스터를 바라보았다.

조금 전 마스터가 해준 말을 이해할 수 없었다. 나는 미간을 잔뜩 찌푸렸다.

"에이, 겨우 그거예요? 그건 누구나 다 알고 있잖아요?"

어느새 옆으로 다가온 까만 고양이 루나가 조용히 속삭였다.

"음, 그게 말이야. 생각보다 잘 모르는 사람도 많아. 자기 내면 깊은 곳에 감춰진 상태라 아는 것 같으면서도 모르는 사람이 의외로 훨씬 많거든."

"그래?"

내가 눈을 반짝이며 묻자 루나가 고개를 끄덕였다.

"사람 마음은 잘 모르는 거니까."

주피터가 웃으며 맞장구를 쳤다. 그런가? 나는 한숨을 내쉬었다.

마스터는 이렇게 말했다.

"자기 자신을 즐겁게 알아가는 방법은 자신의 '진정한 소원'을 아는 것입니다."

프롤로그

따사로운 11월의 어느 날.

이바라키현 쓰쿠바시 만국박람회기념공원에는 '연말수확제' 축제로 많은 인파가 몰렸다.

이벤트장에는 히타치 소고기스테이크나 연근칩, 고구마말랭이 같은 지역 명물을 파는 노점이 섰고, 외국인으로 구성된 악단이 흥겹게 연주를 하고 있었다.

금발 여성과 은발 소년이 바이올린, 붉은 머리 청년이 비올라, 흑발 생머리 여성이 첼로, 이렇게 구성된 콰르텟 4중주다.

쓰쿠바시에는 많은 교육·행정 관련 연구소와 유명 기업의 시설이 입주해 있어서 외국인 연구원들도 많이 산다. 그렇다보니 수확제에 온 방문객들도 외국인 악단이라고 특별히 여기지 않는다.

다만 이 악단은 예외다. 할리우드 스타처럼 아름답고 화려한 연주자들의 모습에 사람들의 시선이 쏠렸다.

지휘자만 일본인으로 보인다. 머리는 까맣고 양복을 갖춰 입은, 살짝 깐깐해 보이는 중년 남성이 미간에 주름을 잡고 지휘봉을 휘둘렀다.

"저 지휘자, 표정이 험악하네……."

화라도 났나……. 내가 무심코 중얼거리자 곧 일곱 살이 되는 딸이 옆에서 아니라고 고개를 저었다.

"아니야, 엄마! 저 아저씨 화난 것처럼 보이긴 하는데, 사실은 아주아주 즐겁고 기뻐해."

딸이 맑은 목소리로 말했다.

딸의 목소리가 들렸는지, 남성 지휘자가 멋쩍은 듯 웃어 보였고, 단원들은 웃음을 참느라 어깨가 들썩이는 게 보였다.

나는 죄송하다고 연신 고개를 숙이며, 도망치듯이 그 자리를 떠나려고 했다.

그러자 지휘자가 딸을 향해 지휘봉을 들지 않은 손으로 '바이 바이' 하고 인사를 보냈다.

지휘자의 수줍은 미소를 보자 오늘 처음 본 사람인데도 그에서서 귀한 표정을 목격한 것 같아 기분이 좋아졌다.

"그지, 다정하지?"

"그러네."

나는 딸의 말을 믿었다. 우리 딸 아유에게는 이런 면이 있다.

얼마 전의 일이다. 가끔 집 앞 공원 벤치에 오는 초로의 남성이 있다. 그 사람은 표정이 항상 부루퉁해서는, 나처럼 아이와 함께 온 엄마들이 먼저 인사를 건네도 얼굴을 찌푸릴 뿐이었다.

나는 그 사람이 싫었다.

사이가 멀어진 아버지 생각이 나기 때문이다. 평소에는 말이 없고 무뚝뚝한데, 입만 열었다 하면 폭언이 쏟아졌다. 그런 아버지 때문에 우리 가족은 뿔뿔이 흩어지고 말았다.

이 사람도 그런 부류의 인간이겠지. 아이를 싫어하는 게 뻔히 보이는데 왜 공원에 올까? 시간이 흐르자 나도 딱히 인사하지 않고 그냥 고개만 까닥이고 말았다.

아유는 그런 아저씨에게 늘 "안녕하세요!" 하고 활발하게 인사했다. 아저씨는 대꾸 없이 얼굴을 찌푸렸다.

아이가 인사를 하는데 저런 태도는 뭐람?

화가 나서 내가 "아유, 저 아저씨 신경 안 써도 돼"라고 조용히 속삭이자, 아유는 어리둥절해하며 고개를 갸웃거렸다.

"신경 안 써도 된다니 뭐가?"

"아저씨가 인사 안 받아준 거."

어떻게 설명해야 하나 고민하며 말하자, 아유는 고개를 도리도리 저었다.

"아저씨 목소리가 작아서 엄마가 잘 안 들린 거야. 나한테 안녕이라고 해줬어."

"아유한테는 들렸니?"

"아니, 입으로 우물우물했어. 부끄럼을 많이 타나 봐."

말도 안 되는 소리라고 생각했다. 그런데 그 아저씨가 돌아가기 전에 나와 아유에게 슬그머니 다가오더니 말없이 사탕을 건넸다. 아니, 말이 없지는 않았다. 분명히 우물우물 뭐라고 중얼거리긴 했다.

아저씨가 주는 사탕을 받아도 되는지 확인하려고 아유가 나를 힐끔 봤다. 내가 고개를 끄덕이자, 아유가 사탕을 받았다.

"아저씨, 고맙습니다."

아유의 함박웃음을 보자 아저씨의 입술이 살짝 위로 올라갔다. 그 모습을 보고 어쩌면 아유 말대로 인간관계에 서툰, 부끄럼을 많이 타는 사람일지도 모르겠다고 생각했다.

'어쩌면 우리 아버지도 그런 사람이었을까?'

에이, 설마. 나는 웃으며 아유의 자그마한 머리를 쓰다듬었다.

아유에게는 이렇게 신비한 면이 있다. 그냥 봐서는 알아채기 힘든, 그 사람만의 됨됨이를 아유는 잘도 알아본다.

"앗, 아빠다."

아유의 목소리에 나는 정신을 차리고 고개를 들어 앞을 보았다.

북적거리는 이벤트장에서 조금 떨어진 곳에 남편이 서 있다. 싱글벙글 웃으며 손을 힘차게 흔든다.

"준코 씨!"

내 이름을 부른다.

한때는 '그림에서 튀어나온 것 같은 미남 청년'이었던 남편은 지금은 '그럭저럭 괜찮은 중년'의 모습이다.

"사토미는 일이 바빠서 역시 오늘은 못 온대."

사토미는 남편의 여동생이다. 즉 나에게는 시누이다. '시'가 붙으면 불편하다던데, 본가와 소원하게 지내는 데다 원래 여동생이 갖고 싶었던 내게는 친동생처럼 귀여운 사람이다.

"그래? 이 축제를 기획한 장본인이 못 온다니 아쉽다."

"사토미한테는 자기가 담당한 여러 이벤트 중 하나일 뿐일 테니까."

시누이는 광고대행사에서 일하는 이벤트 플래너다. 이바라키를 떠나 도쿄 시부야의 사무실에서 바쁘게 일한다.

"에이, 사토미 고모, 못 와?"

아유가 아쉬워하며 입술을 삐죽였다. 아유는 고모를 정말 잘 따른다.

"아쉽다."

"아유, 저게 고모가 가장 열심히 고민해서 만든 거래."

남편이 광장 쪽을 가리켰다. 나란히 놓인 동물 우리가 보였다.

"멍멍이다!"

아유가 눈을 반짝였다. 나는 손차양을 만들고 그러네, 하고 고개를 끄덕였다.

"강아지하고 고양이가 많이 있어."

우리 안에 강아지와 고양이가 불안한 모습으로 앉아 있었다. 저게 뭔가 의아해하는데, 「강아지·고양이 입양 파티! 아이들의 가족이 되어주세요~」라는 간판이 보여 바로 이해했다.

"입양할 가족을 찾는 거구나."

"맞아."

남편이 고개를 끄덕였다.

"보호소에서 안락사당하는 아이들을 조금이라도 줄이고 싶은데, 사토미는 지금 반려동물을 키울 수 있는 처지가 아니다 보니 아이들 입양 가족 찾는 거라도 돕고 싶었대."

우리 옆에는 인형 탈을 쓴 스태프와 다정해 보이는 여성이 있었다. 겁에 질린 강아지와 고양이에게 괜찮다고 말을 걸며 달래고 있었다.

"엄마, 보러 가도 돼?"

아유가 팔을 휙휙 당겨서 나는 미간을 찌푸렸다.

"괜찮긴 한데 아유, 보는 것만이야. 키우는 건 안 돼. 동물을 키우는 건 큰일이니까."

유기견과 유기묘를 구하는 일은 중요하다. 그렇다고 무책임하게 데려오면 안 된다.

문득 옛일이 떠올랐다. 초등학생 때였다.

어릴 적 나는 가마쿠라에 살았다. 에노덴*이 지나는 옆길을 달음박질해 학교에서 돌아와 엄마에게 외쳤다.

"친구 집에서 키우는 개가 새끼를 낳았대. 데려가 키울 사람을 찾는대. 엄마, 우리 집에서 키우자."

그러자 먼저 집에 와 방바닥에 누워 뒹굴고 있던 남동생이 벌떡 일어나 크게 외쳤다.

"나도 강아지 키우고 싶어!"

그때부터 나와 남동생은 공동 작전을 펼쳤다. 강아지 키우

---

* 에노시마 전철의 줄임말. 가나가와현 후지사와시와 가마쿠라시의 바닷가 마을을 연결해주는 노선이다.

고 싶어, 강아지 키우고 싶어, 엄마에게 열심히 졸라댔다.

'매일 아침에 산책도 시키고, 밥 주는 일도 내가 다 할게', '숙제도, 집안일도 열심히 할게', '엄마 말도 잘 듣고 공부도 열심히 할게'라고 절대로 실현불가능할 소리를 늘어놓으면서.

떼를 쓰고 눈물로 애원해 간신히 강아지를 집으로 데려오는 데 성공했다.

시바견처럼 생긴 잡종으로, 동그란 눈이 아주 귀여웠다. 성격도 온순하고 다정해서 우리는 강아지에게 푹 빠졌다.

그러나 산책도 시키고, 밥도 주고, 집안일도 돕고, 엄마 말도 잘 듣고, 공부도 열심히 하겠다는 약속은 처음뿐이었다. 이 모든 일이 결국 엄마의 일이 되었고, 우리는 그저 귀여워만 할 뿐이었다.

"이놈들, 입만 나불거리고!"

키우는 걸 반대했던 아버지에게 혼쭐이 나면 허둥지둥 돌보는 척만 했지, 또 금방 손을 놓았다.

사랑하는 반려견은 내가 사회인이 된 그해 겨울에 세상을 떠났다. 나는 얼른 이 집에서 독립하고 싶어서 대학생 때도 기숙사 생활을 했고, 취직한 후에는 도쿄에서 혼자 살았다.

반려견이 위독하다는 엄마의 연락을 받았을 때의 충격을 잊지 못한다. 반려견은 우리 집에 늘 있는 게 당연한, 가족의 일원이었다.

그 후로 시도 때도 없이 그 아이를 떠올리며 울곤 했다. 두 번 다시는 강아지를, 동물을 키우지 않겠다고 다짐했다.

"보기만 할게, 보기만 할 테니까."

아유의 말에 알았다고 고개를 끄덕이며 우리가 있는 쪽으로 갔다. 여성 스태프가 아유를 보자 반달 눈웃음을 지어 보였다.

"어서 와요. 마스터, 귀여운 손님이 왔어요."

푸근한 중년 여성이다. 이 사람 역시 외국인이었다. 웨이브 진 밤색의 긴 머리카락을 뒤에서 하나로 묶었다. 베이지 원피스에 하얀 프릴 달린 앞치마를 두른 모습이 쿠키나 파이를 구울 것 같은 분위기다.

여성이 '마스터'라고 부른 인형 탈이 뒤를 돌아보았다. 마스터는 삼색 고양이 인형 탈을 뒤집어썼다. 크기로 보아 안에 있는 사람은 아마도 남성이리라. 인형 탈이 어찌나 정교한지, 요즘 기술력이 대단하다고 감탄이 나올 정도였다. 삼색 고양이 마스터는 하얀 셔츠에 넥타이를 맸고, 그 위에 까만 앞치마를 둘렀다.

우리를 보더니 안경 너머로 눈을 가늘게 뜨며 웃어보였다.

"안녕하세요. 어서 오세요."

"안녕하세요!"

아유가 신이 난 듯 큰 목소리로 인사하고서는 우리로 시선을 돌렸다. 조금 전까지 겁먹은 표정이었던 강아지와 고양이가 눈을 반짝이며 벌떡 일어났다.

"다들 아유가 와서 기뻐하나 봐."

아유는 쭉 둘러본 후에 잡종으로 보이는 강아지 앞에 쪼그리고 앉았다. 그 강아지는 이미 많이 자랐다. 강아지가 동그란 눈으로 아유를 물끄러미 바라보았다.

"있잖아, 아유는 이 아이가 우리 집에 오면 좋겠어."

"그러니? 아빠도 어려서부터 개를 키우는 게 꿈이었어."

"아니, 당신까지 그런 소리를 하면 어떡해."

나는 이마에 손을 짚었다.

"아유는 얘가 우리 집에 와주기만 하면, 생일 선물도 크리스마스 선물도 다 없어도 돼."

"오오, 우리 아유, 대단한데?"

"당신은 좀 가만히 있어."

네, 하고 남편이 입을 다물었다.

"왜 이 아이니?"

여기에는 더 어리고 더 귀여운 강아지와 고양이도 있다. 어떻게 보면 여기 있는 아이 중에서 가장 늙고 초라한 강아지다.

"이 아이가 제일 외로워 보이니까."

"아유……."

아이고, 나는 고개를 저었다.

"동물을 키우는 건 쉬운 일이 아니야. 한 생명을 책임지는 거니까."

"생명을 책임진다니 대단하다. 신이 하는 일 같아."

아유가 그렇게 말하더니 구김살 없이 웃었다.

"아유, 어른스러운 말도 할 줄 아네?"

감탄하는 남편 옆에서 나는 아무 말도 할 수 없었다.

강아지를 입양해 키운다는 게 얼마나 큰일인지 모르는 어린애가 아무 생각 없이 그냥 한 말일지도 모른다. 하지만 그 말이 내 가슴을 울렸다.

'신이 하는 일'

나는 아무 말 없이 쪼그려 앉아 우리 안의 강아지들을 바라보았다.

"이 아이는 다 자랐지만 아주 애교가 많아요. 한번 안아보시겠어요?"

마스터가 내 대답을 기다리지도 않고 우리에서 강아지를 꺼내 다정하게 안았다. 인형 탈을 썼는데도 불편하지 않은지 몸놀림이 섬세하고 조심스럽다.

마스터가 안아보라면서 내게 강아지를 건네주었다. 나는 머뭇거리며 강아지를 품에 안았다. 폭신한 털의 감촉과 함께 온기와 두근거리는 고동이 느껴졌다.

이 감촉이다.

순간, 예전에 키웠던 그 아이가 떠올랐다. 그렇게 고집을 부려 결국 집으로 데려왔으면서 난 아무것도 안 하고, 엄마에게 모든 걸 떠넘겼지.

눈시울이 뜨거워져서 강아지를 꼭 품에 안았다.

"……그러네. 생명을 맡는다는 게 꼭 신이 하는 일 같아."

나는 잠긴 목소리로 중얼거렸다.

"그렇지?"

아유가 환하게 웃었고, 나는 강아지를 내려다보며 씁쓸하게 웃었다.

어린 시절의 내가 그랬듯이 아유는 처음에만 열심히 돌볼 테고 나중에는 전부 내 일이 될 것이다. 그래도 어쩌면 운명일지도 모른다.

남편이 내 어깨에 살포시 손을 올렸다. 나는 어쩔 수 없이 고개를 끄덕이고 마스터를 봤다.

"이 아이를 데려가고 싶은데 괜찮을까요?"

예감이 있었다. 구경하고 싶다고 아유가 내 손을 잡아당긴 그 순간부터……. 이렇게 될 줄 알았다.

와아, 두 손을 번쩍 들고 기뻐하는 아유와 내 말을 알아들었는지 신나게 꼬리를 흔드는 강아지를 보며 나는 어깨를 으쓱였다. 그래, 이게 옳은 선택이다.

"고맙습니다. 좋은 인연을 맺어서 이 아이도 기뻐하네요. 자세히 설명하고 싶은데 괜찮다면 저기에 잠시 앉아서 차 한 잔하시겠어요?"

마스터가 광장 안쪽으로 시선을 주었다. 그곳에는 트레일러가 있었다. 트레이드 마크처럼 보름달 무늬가 달렸고, 차 앞에는 '보름달 커피점'이라는 간판이 놓여 있었다.

"트레일러 카페인가요?"

"그렇습니다."

마스터가 대답했다.

"당신께 최고의 커피를 드리겠습니다."

마스터가 말하자, 옆에 선 푸근한 여성이 눈을 동그랗게 떴다.

"어머나, 이렇게 젊은 분에게 커피라니, 드문 일이네요?"

여성의 말에 젊다고 하기 어려운 나는 어깨를 살짝 움츠렸다.

"네. 오늘은 이 인연에 감사하는 마음을 담아서요. 가끔은 '앞으로 열심히 하세요'라고 응원하는 마음을 담아서 드릴 때도 있습니다."

그 말은 앞으로 시작될 이 강아지와의 생활을 가리키는 것일까?

"게다가 조만간 또 뵙게 될 겁니다. 그때는 특별한 음식을 대접할 수 있기를 바랍니다."

"조만간이요?"

무슨 말인가 싶어 의아했지만 강아지를 인도받을 때, 그때 다시 얼굴을 보자는 말로 바로 이해했다.

"네, 잘 부탁드릴게요."

왠지 기대되어 나는 꾸벅 인사했다.

"자, 그럼 저쪽으로 가시지요. 남편분께는 카페오레, 따님께는 코코아를 드리겠습니다."

그러자 남편이 좋아서 헤실헤실 웃었다.

"안 그래도 요즘 위장이 좀 지쳤는지 진한 커피보다 카페오레가 더 맛있더라고요."

"아유는 코코아 정말 좋아해요!"

우리는 손을 잡고 '보름달 커피점'으로 향했다.

제1장

게자리 치즈 퐁뒤와
사수자리 사과 사탕

1

"……이를 어쩌나."

왁자지껄 떠들썩한 사무실 구석에서 나는 스마트폰을 한
손에 들고 한숨을 내쉬었다. 달력을 확인하자 벌써 12월이다.
가을이 엊그제 같은데.

"이러다가 금방 크리스마스이브가 오겠네."

어쩌지, 하고 중얼거리는데 옆자리의 고유키가 고개를 불
쑥 들고 걱정스레 물었다.

"이치하라 씨, 왜 그러세요? 또 복잡한 일이에요?"

스즈미야 고유키. 올해 사무보조로 입사한 젊은 파견직 사
원으로 우리 팀 소속이다.

사람을 늘 세심하게 배려하는 스타일이라 볼 때마다 감탄

이 나온다.

"고마워. 그래도 회사 일은 아니고, 내 개인적인 일이야."

고유키가 조금 안심한 듯이 방긋 웃었다.

"곧 크리스마스도 다가오고, 데이트 신청이 많아서 곤란하세요?"

그 말에 나도 모르게 웃음이 터졌다.

"스즈미야 씨도 참, 그럴 리 없잖아. 그래도 크리스마스 때 데이트 신청은 맞아. 상대는 남자친구."

나는 책상 위에 올려놓은 스마트폰을 바라보았다. 남자친구에게서 온 문자 메시지가 떠 있다.

「올해 크리스마스이브. 꼭 사토미랑 보내고 싶으니까 가능하면 시간을 내줘. 아무리 늦어도 좋으니까.」

고유키도 이 문자를 봤나 보다.

"이쪽 업계는 크리스마스 시즌이 성수기라서 연말에 사람 만나기도 어렵겠어요."

"그러니까."

나는 한숨을 내쉬었다.

광고대행사에서 이벤트를 담당하는 내게 크리스마스이브는 남자친구와 시간을 보내는 날이 아니라 열심히 일하는 날이다. 남자친구도 이 점은 이해한다.

"그래도 아무리 늦어도 좋다고 하시니까 괜찮지 않아요?"

"물론 그야 그런데……."

이 문자에서 묵직하고도 강렬한 결의가 느껴진다.

대학 시절부터 사귀기 시작해서 곧 교제 7년 차에 들어서는 우리다. 그런 상황에서 이브에 "꼭 사토미랑 보내고 싶다"와 "아무리 늦어도 좋다"라니……. 이건 두말할 것 없이 청혼이다. 큰일이네. 뺨에 손을 댔다.

내 설명을 들은 고유키가 고개를 갸웃거렸다.

"그게 왜 큰일이에요? 오래 사귄 남자친구가 청혼하면 행복한 일 아니에요?"

"난 아직 결혼 생각은 없거든. 지금 생활이 정말 딱 좋단 말이야."

고개를 돌려 사무실 창밖을 내다보았다.

회사는 시부야역과 바로 연결되는 빌딩에 있다. 집은 에비스에 있어서 화창한 날에는 하이브리드 자전거를 타고 통근하는, 그림과도 같은 도시 생활을 누리고 있다.

"이치하라 씨 남자친구분, 쓰쿠바대학 동기라고 하셨죠?"

"응. 지금 그 대학에서 강사로 일해."

"멋진데요!"

고유키가 꺅 소리치며 손깍지를 꼈다.

"그게 문제야……."

내 고향은 이바라키현 쓰쿠바시다. 고향에 있는 쓰쿠바대학에 진학했다.

쓰쿠바대학은 커플 동거율이 높고, 졸업하자마자 결혼하는 커플이 많다는 소문이 있다. 이건 일부 사람들이 떠들어대는 말, 말하자면 떠도는 풍문일 뿐이지 내가 주장하는 바는 아니니까 부디 불쾌하게 여기지 말기를.

"시골이라 딱히 할 것도 없고 지루하니까 결혼이나 한다" 따위의 야유를 하는 사람도 있는데, 모두가 다 그렇다고 할 순 없다. 매력적인 도도부현* 순위에서 늘 하위권을 차지하는 이바라키지만 실제로는 매우 살기 좋다.

가마쿠라 출신인 오빠의 아내, 새언니도 "살기에 딱 좋은 곳이네"라고 했다.

이바라키현에서도 특히 쓰쿠바시는 교육 도시여서 대기업의 연구소도 많이 들어와 있고, 거리는 예쁘고 깨끗하다. 공원도 넓고 세련되었으며, 이국적인 카페와 가게도 많다. 아이 키우기에 이상적인 환경이다. 그 점이 마음에 들어서 그대로 정착하는 사람이 많다.

---

* 일본의 행정 구역 체계. 1도都, 1도道, 2부府, 43현縣의 총 47개로 구성된다.

하지만 도시의 삶을 동경하는 내게 이바라키는 좁고 답답하게 느껴졌다. 남자친구가 대학을 그만둘 리 없다. 그 말은 결혼하면 내가 쓰쿠바에서 도쿄까지 출근해야 한다는 소리다.

여차하면 쓰쿠바시에도 지점은 있다. 희망하면 전근도 가능하다. 지방 지점에서 도쿄 본사로 이동하는 건 어려워도 본사에서 지점으로 가는 건 쉽다. 그러면 본가와 가깝게 살게 되니까 부모님도 기뻐할 테니 여러모로 괜찮을지도 모른다. 하지만 지금까지 열심히 노력해서 얻은 자리다. 그렇게 쉽게 포기할 수 없다.

누군가는 낡아빠진 호황기 시절의 가치관이라 비판할 수도 있겠지만 그 시대, 그 문화적 배경에서 나고 자란 나에게 '일하는 도시 여성'은 곧 나의 롤모델이자 동경의 대상이었다. 어떻게 여기까지 왔는데, 절대 놓칠 수 없다.

"굳이 바로 전근은 하지 말고 일단 다녀보면서 생각하시면 어때요? 그 쓰쿠바 무슨 프레스라는 기차가 있죠?"

"쓰쿠바 익스프레스 말이지?"

"네, 그거요. 쓰쿠바에서 아키하바라까지 45분 만에 온다던데요."

아무리 그래도 말이 쉽지 싶어 쓴웃음이 났다.

"그럼 주말 부부로 사는 방법도 있죠."

고유키가 그렇게 말하며 검지를 척 세웠다. 나는 고개를 절레절레 저었다.

"주말 부부로 사느니 무리할 것 없이 지금 이대로가 좋을 것 같아."

고유키가 그건 또 그렇다고 호응했다.

"남자친구분도 쓰쿠바 분이세요?"

"그게, 남자친구 본가는 도쿄야. 북적북적한 도쿄가 싫어서 일부러 쓰쿠바를 선택했어. 나랑 정반대지."

나는 이렇게 초록빛이 많은 거리가 좋더라. 그는 늘 이렇게 말했다. 그래도 취직하면 도쿄로 나올 줄 알았다. 설마 그 대학에 남을 줄이야…….

사실, 그는 원래 그런 사람이다. 느긋하고 다정하고 따스한 사람.

그가 도시 체질이 아닌 건 나도 이해한다. 그런 그를 좋아한다. 그와 함께 보내는 시간은 소중한 보물이다. 결혼은 하기 싫지만 헤어지기도 싫다. 무슨 일이 있어도! 하지만 청혼을 거절하면 헤어지자고 할 수도 있다. 그러니까 '이를 어쩌나'인 것이다.

결혼이냐 일이냐, 지금 그 갈림길에 선 것인지도 모른다.

때마침 스마트폰 진동이 부르르 울리는 바람에 움찔했다.

설마 남자친구면 어쩌지? 겁을 먹고 확인했는데, '이치하라 준코'라는 이름이 떴다. 새언니다.

"⋯⋯전화를 걸다니, 웬일이지?"

나와 새언니는 친자매처럼 사이가 좋다. 메시지를 자주 주고받는다. 하지만 전화를 거는 일은 드물다. 무슨 일이 생겼나?

스마트폰을 들고 자리에서 일어나 복도로 나왔다.

"언니, 무슨 일이야?"

전화를 받자마자 새언니가 말했다.

"사토미가 기획한 이벤트, 정말 재밌었어. 고마워."

"아, 만국기념공원⋯⋯. 멍멍이를 입양했다면서?"

"응, 이런저런 절차가 있어서 아직 집에는 안 왔어. 크리스마스이브에 데리러 갈 거야. 아유도 정말 좋아해."

"혹시 내가 기획했다고 일부러 무리해서 입양한 건 아니야?"

미안해서 묻자, 새언니가 밝은 목소리로 아니라고 했다.

"인연이라고 느꼈으니까 오히려 고마운걸."

"에이, 고맙긴. 그것 때문에 전화했어?"

"아, 그게 말이지, 입양 파티 후에 이아스에 갔었어. 그때 말이지."

이아스란 '이아스 쓰쿠바'로 쓰쿠바시에 있는 대형 쇼핑몰이다. 웬만한 마을 정도는 되는 규모여서 이곳에서 못 구할 물건은 없을 것처럼 뭐든 다 있다. 나도 학창 시절에 자주 놀러 갔고, 생각해보니 지금도 본가에 갈 때마다 반드시 들른다.

"거기서 우연히 료를 만났어. 보석가게 안에 있더라고. 내가 가서 불쑥 말을 걸었는데, 사토미한테 크리스마스 선물로 줄 반지를 고르고 있다고 하더라."

료는 내 남자친구의 이름이다.

약간 흥분한 기색으로 말하는 새언니의 목소리를 들으며 속으로 '이런' 하고 어깨를 움츠렸다. 혹시 료가 멋진 서프라이즈를 준비할 셈이었다면, 이렇게 내게 홀라당 보고할 내 가족과 마주친 걸 굉장히 아쉬워할 것이다.

그나저나 배려심 있는 새언니답지 않은 행동인데…….

"사실 말해야 하나 말아야 하나 고민했는데, 사토미는 아직 결혼 생각이 없다고 했잖아. 그래서 내가 미리 말해두는 게 좋을 것 같았어."

이어지는 새언니의 말에 나는 말문이 막혔다. 하긴 아무리 예상했더라도 실제로 반지를 눈앞에 들이밀면 나는 당황한 나머지 반사적으로 "이, 이건 곤란해"라고 말할 가능성이 있다. 그랬다간 우리 사이에 깊은 균열이 생길 테지.

새언니는 결혼에 대한 그와 나의 온도 차를 성의껏 알려준 것이다. 혈연관계가 아닌 언니지만 언제나 나를 속속들이 꿰뚫어보니까 정말이지 이길 수가 없다.

"그렇구나……. 고마워."

"무슨 말씀을. 그리고 사토미."

"응?"

"얼마 전에 집에 왔을 때, 아유한테 도쿄 시내 구경시켜준 다고 언제든 고모네 놀러 오라고 했었잖아?"

갑자기 화제가 바뀌는 바람에 어리둥절해서 고개를 끄덕였다.

"응, 말했었지."

얼마 전이라도 오봉* 때니까 한참 전이다.

"사토미 고모, 있잖아, 도쿄는 정말 화려한 곳이야? 진짜 멋있어?"

초등학교 1학년치고 조숙한 조카 아유가 열심히도 물었다. 그때 새언니는 토라진 듯 입술을 삐죽거리며 말했다.

"엄마랑 도쿄에 가본 적 있잖아?"

"하지만 우에노동물원이었잖아."

---

* 양력 8월 15일을 중심으로 지내는 일본 최대 명절.

자기 엄마처럼 아유도 입술을 삐죽거리며 대답했다. 두 사람을 보고 웃으며 "알았어. 그럼 고모가 도쿄 구경시켜줄 테니까 언제든 놀러 와"라고 약속했다.

"⋯⋯사실은 그 후로 매일 같이 사토미 고모 집에 언제 갈수 있냐고 묻는 통에, 계속 시달리는 중이야. 게다가 곧 멍멍이가 오니까 그러면 이제 사토미 고모 집에 못 간다면서, 이번에는 뭔가 깨달은 듯이 체념한 소리를 하지 뭐야⋯⋯."

말하기 어려워하며 설명하는 새언니에 나는 "아이고" 하고어깨를 또 움츠렸다.

가벼운 마음으로 한 말인데 조카에게는 기대하고 또 기대한 이벤트였나 보다. 약속한 후로 벌써 넉 달이 지났다. 줄곧내가 "고모네 집에 올래?"라고 말해주기를 기다렸을지도 모른다. 그랬다면 아유에게 너무 나쁜 짓을 했다. 새언니는 내가 바쁜 줄 아니까 지금까지 가만히 있었겠지.

"언니, 미안해. 멍멍이는 아직 안 왔지? 그럼 이번 주말은언제? 마침 쉴 수 있어."

크리스마스를 맞아 거리마다 일루미네이션도 아름답고 볼거리도 많을 테니 딱 좋겠다.

"정말 괜찮겠어?"

새언니가 조금 놀라며 되묻길래 작게 웃으며 대답했다.

"응, 괜찮지. 아유의 생일 때 못 갈 것 같으니까. 조금 일찍 주는 생일선물 겸."

"고마워. 그럼 도쿄까지 데려갈게."

"응, 그렇게 해주면 고맙지. 그럼 익스프레스를 타고 아키하바라까지 와. 거기에서 내가 데려갈게."

"바쁜데 정말 미안해. 그래도 아유는 정말 좋아하겠다. 도쿄에 갈 때 입을 옷까지 준비했거든."

그 말에 가슴이 따끔따끔 아팠다. 새 옷까지 준비했다니. 그렇게나 기대하고 기다렸는데 나는 까맣게 잊었다. 으으윽, 아유, 미안해.

"그럼 토요일에 봐. 시간 정해지면 연락해줘."

"응, 고마워."

전화를 끊고 바로 자리로 돌아갔다.

"혹시 남자친구셨어요?"

또 흥미진진하게 물어보는 고유키에게 방긋 웃으며 대답했다.

"아니, 다른 사람이랑 데이트 약속을 했어."

"네?"

고유키가 놀라서 눈을 깜박였다.

"아주아주 귀여운 친구랑."

60

나는 얼른 스마트폰에 저장한 조카 사진을 보여주었다.

"얘랑 데이트할 거야."

그러자 고유키의 표정이 반짝 밝아졌다.

"어머, 진짜 귀엽네요!"

"그렇지?"

"친척이에요?"

"오빠 딸."

"조카구나. 저도 나이 차이 나는 남동생이 있어요. 아이들
은 정말 귀엽죠."

"맞아. 꼭 손주처럼 귀여워."

"손주요? 하긴, 정말 그래요. 책임질 필요 없이 귀여워만
할 수 있으니까."

그 말이 옳다고 맞장구치며 한바탕 웃었다.

"자, 귀여운 친구랑 마음 편하게 데이트하려면 열심히 일해
야지."

나는 마음을 다잡고 모니터를 바라보았다.

2

약속이 있는 토요일.

만나기로 한 아키하바라역 개찰구 앞에서 기다리는데, 새
언니와 조카 아유가 도착했다.

아유는 빨간 더플코트에 반짝거리는 구두를 신었다. 찰랑
거리는 생머리도 오늘은 동글동글 말아서 인형 같다. 귀여운
아유를 보고 나는 싱글벙글했다.

"미안해, 사토미. 잘 부탁할게."

면목 없다는 듯이 두 손을 모은 새언니에게 나는 고개를 저
었다.

"나도 모처럼 신나게 즐길 거야."

"그럼 내일도 여기에서 만나. 무슨 일 있으면 바로 연락줘.

그리고 만약을 위해서."

새언니가 만 엔 지폐와 보건증을 내밀었다.

"보건증은 받겠지만 돈은 됐거든요."

나는 웃으며 돈을 거절하고 아유의 작은 손을 잡았다.

"그럼 아유, 갈까?"

"아유, 사토미 고모 말 잘 들어야 한다?"

"네에."

"언니도 오랜만에 온 도쿄니까 즐기고 가."

나와 아유는 새언니에게 크게 손을 흔들어 인사하고 걸음
을 옮겼다.

"아유, 제일 먼저 어디 가고 싶니?"

내려다보며 묻자 아유가 반짝반짝한 눈으로 나를 바라보았
다.

"스카이트리!*"

"스카이트리라……."

여자아이가 좋아할 만한 가게와 카페 정보를 미리 알아오
기까지 했는데, 너무 흔한 관광지라고 속으로 생각했다.

"우리 반에서 스카이트리에 안 가본 사람은 아유랑 유카 뿐

---

* 도쿄 스미다구에 있는 높이 634m의 전파 송출용 탑이자 쇼핑몰로, 일본에서 가상 높
은 구조물.

이야. 엄마는 맨날 조만간 가자고 말만 했어."

아유가 잔뜩 골을 내며 말했다.

"그러니?"

나는 웃음을 참느라 어깨를 떨었다. 새언니도 스카이트리 하나로는 도쿄에 올 마음이 안 생길 것이다. 오늘은 육아에서 해방돼 혼자 마음껏 도쿄 거리를 즐기려나?

"그럼 스카이트리에 가자."

"응."

우리는 활기차게 걸었다.

"자, 스카이트리까지 어떻게 가면 되나 보자."

전철로 이동하면 간단하지만 모처럼 도쿄에 왔으니 거리 풍경을 볼 수 있는 버스도 괜찮을 것 같다. 그래서 정류장까지 조금 걸어서 도영 버스를 타고 스카이트리에 가기로 했다. 아사쿠사도 지나는 길이니까 재미있을 것이다.

달리는 버스 안에서 아유는 창문에 달라붙어 고개를 쳐들고서는 연신 "우아!" 하며 커다란 눈을 더욱 커다랗게 떴다.

시골에서 온 사람은 아무래도 위를 쳐다보게 된다. 그러다가 도쿄에 익숙해지면 올려다보지 않는다. 예전에 나도 도쿄에 놀러 올 때마다 고층 빌딩을 올려다보며 도시의 힘을 느끼고 강렬한 동경을 품곤 했다.

지금은 거리를 거의 올려다보지도 않는다. 그러고 보니 요즘은 풍경도 거들떠보지 않고 아래만 내려다보며 걸었던 것 같다. 왠지 마음이 답답해져서 자조 섞인 미소가 절로 지어졌다.

버스가 스미다강을 건너자 스카이트리가 보였다. 아유가 짝짝 손뼉을 쳤다.

"와, 진짜 크다, 대단해, 대단해!"

아유가 눈을 빛내며 외쳤다. 사실 나도 이렇게 가까이에서 스카이트리를 보는 건 처음이어서 "응, 대단하네" 하고 같이 고개를 끄덕였다.

온몸으로 감격하는 아유를 보고 주변 사람들이 킥킥 웃는 소리가 들렸다. 옆에서 보면 우리는 시골에서 놀러 온 모녀로 보일까? 친엄마라면 부끄러울 수도 있지만 나는 어디까지나 고모다. 지켜보는 사람들과 마찬가지로 그저 아유가 귀엽고 흐뭇하기만 했다.

"자, 아유. 거기 서 봐."

"네에."

스카이트리에 도착해 스마트폰으로 기념사진을 찍었다. 안에 들어가려고 선 긴 줄을 보자 아유가 얼굴을 찌푸렸다.

"아유, 줄 서서 안에 들어갈래? 아니면 다른 데 갈까?"

"아유는 스카이트리를 가까이에서 보고 싶었을 뿐이니까

다른 데 갈래."

"정말 괜찮아?"

"응, 친구가 스카이트리 안은 평범하다고 했었어."

하긴, 밖에서 보면 높은 건물이지만 안은 평범한 쇼핑몰이나 마찬가지다.

"그럼 다음엔 어디 가고 싶어?"

"하라주쿠에 가보고 싶어!"

내 물음에 미리 준비한 것처럼 아유가 대답했다. 스카이트리에 이어 하라주쿠, 정말 뻔한 관광코스다. 그래도 오늘은 원하는 대로 해줘야지.

"좋아, 이제 하라주쿠에 가자!"

우리는 곧바로 하라주쿠로 떠났다.

3

"우아, 축제가 열린 것 같아."

하라주쿠역에 내려 다케시타 거리를 보자마자 아유가 흥분해서 외쳤다.

도쿄는 어디를 가나 사람이 많지만, 거기서도 하라주쿠는 늘 사람들로 붐벼 떠들썩한 축제 같은 분위기다. 좁은 길 양옆으로 늘어선 가게도 거리에 활기를 주는 것이 전통 축제 때 노점이 들어서는 참배길 느낌이 난다.

이곳이 취향에 딱 맞아떨어졌는지, 아유는 눈을 휘둥그레 뜨고서는 '귀엽다'를 연발하며 폴짝폴짝 뛰듯 걸었다.

크레이프 가게를 발견한 아유는 스커트를 찰랑찰랑 펄럭이며 뉘를 놓았다.

"고모, 이거 먹어도 돼? 나 용돈 가지고 왔어."

"됐어, 이건 사토미 고모가 쏘겠습니다."

겨울 하늘 아래서 아유와 함께 크레이프를 먹고, 키디랜드*를 구경했다. 생각보다 한참을 그곳에 머물렀는지, 나와서 보니 해가 저물기 시작했다.

"이쯤 되니까 슬슬 배가 고프네."

"아니야, 아유는 괜찮아."

한참을 신나 하더니 배가 고픈 것도 잊은 듯하다.

"맞다, 오늘 아유한테 아주 아주 멋진 곳을 소개해주려고 해."

"아주 아주 멋진 곳?"

"고모 집 근처인데, 반짝반짝해서 아주 멋진 데가 있거든."

그러자 아유가 폴짝 뛰었다.

"와, 갈래, 갈래!"

우리는 하라주쿠역으로 돌아가 야마노테선을 타고 에비스역으로 갔다.

지금 에비스 가든 플레이스 프롬나드**에서 겨울맞이 일루

---

* 잡화와 캐릭터 상품을 파는 대형 매장.
** 에비스 가든 플레이스는 도쿄 시부야구와 메구로구에 걸친 복합시설로 사무용 빌딩, 상업시설, 레스토랑, 미술관, 주택시설 등이 있다. 프롬나드는 가든 플레이스 중앙 부근의 광장으로 이어지는 언덕길이다.

미네이션이 한창이다. 해도 지기 시작했으니 일루미네이션 명소답게 사람들로 곧 붐빌 테지만, 복작복작해도 구경은 할 수 있을 것이다.

하라주쿠에서 에비스역까지 5분 정도. 역에 내리자 에비스 맥주 광고가 생각나는 음악이 들렸다. 여기서부터는 역사 안을 꽤 걸어가야 하는데, 무빙워크 덕분에 어린 아유도 지치지 않고 갈 수 있다.

에비스 가든 플레이스는 과거 삿포로 맥주사의 공장 부지를 개발해 거대한 복합시설로 만든 곳이다.

겨울 이벤트의 하이라이트는 대략 10만 개나 되는 전구 장식을 과감하게 쓴 크리스마스 일루미네이션과 프랑스 바카라* 에서 만든 세계 최대급 샹들리에다. 또 거리 끝에 보이는 시계 광장의 거대한 크리스마스트리도 명물이다.

아유는 일루미네이션을 보고 "우아아아아" 하고 몸을 떨었다.

"대단하지?"

당연히 인파도 대단하다. 그래도 아직 해가 완전히 지지 않아서 퇴근길 전철보다는 낫다. 아유가 정말 멋지다고 힘차게

---

* 세계적인 크리스털 제조업체.

고개를 끄덕였다.

"고모는 말이야, 어렸을 때 여기 시계 광장이 텔레비전 드라마에 나오는 걸 보고 어른이 되면 꼭 이 도시에서 살아야지 다짐했어."

첫 계기는 단순한 동경심이었다. 어느새 동경이 꿈이 되고 목표가 되었다. 지금, 나는 목표를 이뤄냈다. 꿈을 성취한 내가 지금 이곳에 와서 느낀 것은 깊은 감동과 약간의 아쉬움이다.

언젠가 나도 이렇게 대규모 이벤트를 직접 주관해보고 싶다. 그러려면 '역시 일을 그만두진 못하겠다' 싶어 쓴웃음이 나왔다.

"대단하다. 은하수 안에 들어온 것 같아."

"이야, 아유. 멋진 말을 다 하네?"

시계 광장 트리 앞에서 사진을 찍고, 언덕길인 프롬나드를 걸어 센터 광장까지 와서 나는 "그러면" 하고 등을 쭉 폈다.

"이제 정말로 배가 고프네."

"응. 나도."

"그렇지? 뭘 먹을까?"

지금 먹을 걸 정하고 식당을 예약해두는 편이 좋겠다. 열심히 생각하는데, 아유가 "앗" 하고 외쳤다.

"왜 그러니?"

"방금 하얗고 복슬복슬한 고양이가 우리보고 따라 오래."

아유가 손짓하는 흉내를 내며 말했다. 무슨 말도 안 되는 소린가 싶어 봤는데, 하얀 페르시안 고양이의 꼬리가 인파를 쓱쓱 헤치며 지나가는 게 보였다.

신기하게도 주변 사람들은 그 고양이에게 관심을 주지 않았다. 나와 아유는 얼굴을 마주 보고 하얀 고양이를 쫓아갔다.

하얀 고양이를 따라가자 샤토 레스토랑 조엘 로부숑* 앞의 광장에 도착했다. 조금 전까지 사람이 그렇게 많았는데, 사람들이 썰물에 밀려나간 듯 인기척이 없었다.

적색에서 짙은 남색으로 그러데이션을 이룬 밤하늘에 커다란 달이 떴다. 그 아래에 그야말로 성 같은 샤토 레스토랑이 있고, 그 앞 광장에는 트레일러 카페가 한 대 세워져 있었다. '보름달 커피점'이라는 간판도 보였다.

아까 보았던 하얀 페르시안 고양이가 트레일러 카페 앞 테이블에서 보송보송한 꼬리를 흔들었다.

"아, 아까 그 고양이."

아유가 중얼거리자, 하얀 고양이는 그대로 트레일러 안으

---

* 미슐랭에 선정된 유명한 프렌치 레스토랑. 유럽풍 건물이 멋져서 포토존으로도 유명하다.

로 들어갔다.

"……저 가게, 멍멍이를 데려온 곳에도 있었어."

혼잣말처럼 중얼거리는 아유에게 나는 "그러니?" 하고 멍하게 되물었다. 입양 파티에 있었다면 쓰쿠바 공원이다. 이벤트 기획을 맡았어도 참가한 점포까지 다 알 수는 없다.

"트레일러 카페는 여기저기 이동할 수 있으니까……."

그렇게 말하면서도 나는 이 공원까지 어떻게 차가 들어왔을까 싶어 고개를 갸웃거리며 아유를 데리고 트레일러 카페로 다가갔다.

"어서 오세요."

트레일러 안에서 2미터는 될 것 같은 거대한 삼색 고양이가 나왔다. 하얀 셔츠에 넥타이를 매고 앞치마를 걸쳤다.

"으악!"

소스라치게 놀라는 내 옆에서 아유가 "앗!" 하고 크게 외쳤다.

"저 고양이 아저씨도 있었어."

"공원에?"

"응. 사람들이 마스터라고 불렀어."

그렇구나. 조금 마음이 놓여 가슴을 쓸어내렸다.

가게 매니저가 인형 탈을 쓰고 운영하는 트레일러 카페로구

나. 아무리 그래도 고양이 인형 탈이 너무 진짜 같아 놀랐다.

고양이 마스터는 이리 와서 앉으라며 트레일러 옆에 있는 테이블을 가리켰다.

프롬나드 쪽에는 지금도 사람들이 북적거린다. 그런데 여기 샤토 광장에는 거짓말처럼 사람이 없다. 대체 어떻게 된 거지? 내가 머뭇거리는 와중에, 아유가 의자에 앉아 발랄하게 말했다.

"안녕하세요. 맛있는 거 주세요."

난감해 하며 아유의 등에 손을 댔다.

"무턱대고 맛있는 걸 달라니, 메뉴를 잘 본 다음에……."

마스터가 아니라고 고개를 저었다.

"'보름달 커피점'은 손님에게 주문을 받지 않습니다. 우리가 오로지 손님만을 위해 특별히 준비한 디저트와 식사, 음료를 제공합니다."

아유도 그렇다고 옆에서 말했다.

"저번에도 받지 않는다고 했었어."

"아하, 그렇구나. 재미있겠다."

나는 고개를 끄덕이며, 영업 방침이 확고한 가게라고 내심 놀랐다.

"또 우리 커피점은 기본적으로 보름달이 뜨는 밤이나 삭월에만 문을 여는데, 이번 달은 특별히 달이 아름다운 날에도 영업합니다."

'이번 달은 특별히'라는 이유는 크리스마스 기간이기 때문이겠지. 즉, 이곳은 손님에게 주문을 받지 않고 한 달에 약 두 번만 운영하는 카페라는 소리다.

아마 본업이 아니라 취미로 하는 가게일 것이다. 그렇다면 그만큼 심혈을 기울인 음식을 낼 테니 맛을 기대해도 되겠다.

나와 아유는 "잘 부탁합니다"라고 말하고 자리에 앉았다. 마스터가 아유를 보고 후후 웃었다.

"다시 인사드립니다. 오랜만이에요."

"네. 그때 멍멍이 보내주셔서 고맙습니다. 멍멍이가 우리 집에 오는 날만 기다리고 있어요."

"부디 그 아이를 잘 부탁합니다. 그럼 잠시 기다려주세요."

마스터가 트레일러 안으로 들어갔다.

어떤 맛있는 음식이 나올까? 나와 아유는 잔뜩 흥분해서 기다렸다. 잠시 후, 늘씬하고 아름다운 여성 두 명이 나타났다.

한 명은 금발, 한 명은 흑발이다. 둘 다 긴 머리를 뒤에서 하나로 묶고, 하얀 셔츠에 까만 앞치마를 둘렀다. 컬러 콘택트렌즈를 꼈는지, 금발 여성은 눈동자가 파랗고, 흑발 여성은 보라색이다.

"오래 기다리셨습니다."

그들이 능숙하게 테이블 위에 컵과 접시를 놓았다. 접시에는 브로콜리, 당근, 주키니, 감자, 호박, 연근 등 구운 채소와 소시지, 도톰하게 썬 베이컨, 삶은 새우 등의 갖은 재료가 소복이 담겨 있었다. 이어서 그들은 테이블 중앙에 작은 버너를 놓고 불을 지핀 후 스튜 냄비를 올렸다. 그 안에서 치즈가 걸쭉하게 녹고 있었다.

"치즈 퐁뒤!"

나와 아유가 신나서 반응했다.

"네, '게자리 치즈 퐁뒤'입니다. 달빛이 듬뿍 스며든 치즈에 햇빛을 듬뿍 받으며 자란 구운 채소를 찍어서 드세요."

금발 여성이 환하게 웃었다. 이어서 흑발 여성이 와인 병을 꺼냈다.

"'별무리 와인'도 같이 드세요……."

흑발 여성은 무표정한 얼굴에 억양 없는 목소리로 말했다. 성격이 꽤 차가운 사람 같았다.

흑발 여성은 내 대답을 기다리지 않고 내 앞에 놓인 와인 잔에 화이트 와인을 따랐다. 평범한 화이트 와인이라면 탄산이 없을 텐데, 반짝반짝 작은 별이 빛나는 것처럼 보였다.

"손님께는 '낮과 밤 혼합 주스'를……."

금발 여성이 윙크하며 아유의 잔에는 음료를 따랐다. 연노란색과 포도색이 아름답게 어우러진 주스였다. 우리 모두 탄성을 지르며 유리잔을 가까이에서 들여다보았다.

"정말 예쁘다. 포도 주스예요?"

"네. 포도만이 아니라 레몬도 들어 있어요."

레몬이라는 말에 아유가 얼굴을 찌푸렸다.

"아유는 신 거 싫어해요."

그러자 금발 여성이 후후 웃었다.

"괜찮아요. 눈부신 햇살을 듬뿍 받은 레몬이어서 아주 달고 상큼해요. 포도는 달빛 아래에 재워둬서 아주 짙은 단맛이 나요."

그래서 이름이 '낮과 밤 혼합 주스'구나.

"잘 먹겠습니다!"

아유가 반짝반짝 빛나는 눈으로 말했다.

"그럼 편하게 드세요."

두 사람이 나란히 고개 숙여 인사하더니 흑발 여성은 부리나케, 금발 여성은 또 보자며 아유에게 손을 흔들고 트레일러로 돌아갔다.

두 사람 다 할리우드 배우 같다. 그들의 뒷모습을 바라보는데, 아유가 "고모, 건배하자"라며 잔을 들었다. 얼른 아유에게 시선을 돌리고 그러자며 잔을 들고 웃었다.

아유의 잔도 와인 잔이다. 물론 내 와인 잔과는 좀 다르지만 말이다. 어린이용으로 나왔는지 떨어뜨려도 깨지지 않을 것처럼 목이 짧고 만듦새가 단단하다.

"멋있다. 아유도 어른 같아."

아유는 자기도 와인 잔에 마시는 게 더없이 좋은지 흥분했다. 그 모습을 보니 나까지 기분이 좋았다.

건배! 우리는 잔을 맞댔다. 시원한 '별무리 와인'을 한 모금 마셨다. 알싸하게 찌르는 맛이 나면서 은은하게 달콤하다. 나는 눈을 꼭 감았다.

"맛있어. 몸에 스며드는 것 같아."

아유도 아름다운 혼합 주스를 마시고는 "하나도 안 시고 진짜 맛있어" 하고 함박웃음을 지었다.

"이제 잘 먹겠습니다, 할까?"

"응!"

우리는 "잘 먹겠습니다"라고 인사하고 퐁뒤용 포크를 쥐었다. 바게트에 포크를 꽂아 냄비에 담갔다. 걸쭉하게 늘어지는 치즈도 반짝여 보였다.

얼른 입에 넣었다. 독특한 풍미가 나는 신선 치즈와 달리, 숙성된 치즈처럼 맛이 아주 묵식하다. 그렇다고 과하게 진한 맛은 아니고, 우유의 고소한 맛이 입안에 감돌았다. 아이부터 어른까지 두루 좋아할 맛이다.

'맛있다. 도대체 어디 치즈지?' 생각하며 와인 한 모금을 마셨다. 치즈 퐁뒤와 와인의 절묘한 궁합에 저절로 눈이 스르르 감기는 듯했다. 그때 아유가 "아, 마스터다" 하고 외쳤다.

트레일러에서 고양이 마스터가 쟁반을 들고 우리 쪽으로 다가오더니 테이블 위에 접시를 내려놓았다. 작고 동글동글한 크로켓이다.

"오래 기다리셨습니다. 이건 '게자리 치즈 퐁뒤'의 메인인 '게자리 크림 크로켓'입니다. 이것도 치즈에 찍어 드세요."

"게자리 크림 크로켓이라면 게살을 넣은 크로켓인가요?"

"그렇습니다."

마스터의 대답을 듣고 나는 살포시 웃었다.

"지금 별자리는 사수자리 시기인데 왜 '게자리 치즈 퐁뒤'인지 궁금했거든요. 이 게살 크림 크로켓이 메인 요리여서 그랬군요."

마스터가 눈을 가늘게 뜨며 웃었다.

"그것도 그렇지만, 당신의 '달'이 '게자리'인 것 같아서 이 음식을 준비했습니다."

"게자리요? 아니에요. 저는 게자리가 아니라 전갈자리예요."

"'달'의 별자리입니다. 당신의 태양과 달의 성좌도, 다시 말해 출생 천궁도를 보여드려도 될까요?"

나는 얼떨떨한 표정으로 그러라고 대답했다.

마스터가 주머니에서 회중시계를 꺼내더니 태엽 꼭지를 꾹 눌렀다. 반짝, 유리면이 빛나더니 밤하늘에 시계 같은 그림이 떠올랐다. 아유가 '우아' 하고 눈을 반짝였다.

"마스터, 꼭 마법사 같아요."

아유에게 홀로그램이라고 알려주려다 말고 나는 그냥 "그러네"라고 말했다.

밤하늘에 나타난 그림은 서양 점성술에서 쓰는 호로스코프였다.

원이 열두 등분 되었고 각각에 ①부터 ⑫까지 숫자가 적혀 있다. 자세히 보니 달은 ⑥, 태양은 ⑩이라고 적힌 곳에 표시되어 있다.

"당신의 태양은 제10하우스에 있군요. 여기 적힌 대로 출생 천궁도의 정점인 제10하우스는 명성과 권위와 야망, 풀어 설명하면 '인생이나 사회생활에서 추구하는 것'입니다. 여기에 태양이 있는 분은 일과 관련한 운이 강하고 성공을 위해서라면 야심 차게 돌진하는 성향이 깅합니다. 또 별자리는 전갈자

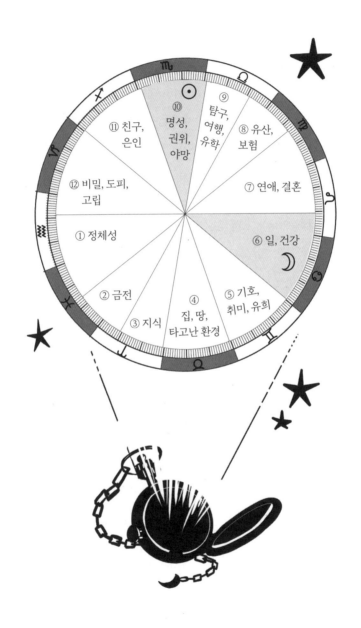

리이므로 일할 때도 스스로 동기를 부여하며 자기계발에 열심인 편입니다."

나는 넋을 놓고 맞장구를 쳤다.

"또 태양은 여성에게 남성을 의미하니, 아버지에 대한 존경심이 깊어 결혼 상대도 아버지처럼 존경할 만한 사람을 만나고 싶은 마음이 강할 수 있겠군요."

맞는 말이어서 꿀꺽 침을 삼켰다.

우리 아버지는 지금은 정년퇴직했지만 교사였다. 나는 아버지를 진심으로 존경했다.

"그리고 달은 제6하우스에 있어요. 제6하우스는 '일'을 가리키죠. 출생 천궁도로 보면, 당신은 평소 바쁘게 일해야만 오히려 안심하는 경향이 있는 것 같아요. 제10하우스에 태양, 제6하우스에 달, 이것만 봐도 철두철미한 일 중독자군요."

음음, 거의 무의식적으로 끄덕였다.

"그런데 달의 별자리, 다시 말해 월궁 별자리는 게자리입니다. 당신은 마음이 편히 쉴 수 있는 곳도 원하고 있군요."

달이 있는 원 바깥에 게자리를 뜻하는 표시 '♋'가 보였다.

"'월궁 별자리'는 일반적인 별자리와 다른가요?"

마스터가 그렇다고 대답했다.

"당신이 말하는 '일반적인 별자리'는 태양궁 별자리지요?

태양궁 별자리는 당신의 간판입니다. 달은 내면, 본질이자 본능, 즉 본바탕을 의미해요. 그런 달의 별자리가 '게자리'입니다. 당신은 게자리의 환경에 있어야 마음이 편해져요."

게자리 같은 환경이 대체 뭘까? 호기심을 느껴 마스터를 바라보았다.

"게자리 환경이 뭐예요⋯⋯?"

"그건⋯⋯."

마스터가 게자리에 관해 설명해주었다. 조금 전까지 들은 이야기는 전부 맞아떨어졌는데, 게자리에 관한 이야기는 도무지 감이 안 잡혔다.

흠, 내 입에서 맹한 한숨이 새어 나왔다. 그러자 아유가 마스터에게 몸을 내밀었다.

"있잖아요, 고양이 씨. 나는요, 아유는 사수자리예요. 12월 20일에 태어났어요. 이제 곧 생일이에요."

마스터가 이미 알고 있다는 듯이 "그렇죠"라고 대답했다.

"꼬마 손님은 월궁 별자리도 사수자리예요. 사수자리인 꼬마 손님을 위해 사수자리 디저트를 준비할 생각입니다. 그렇지, 어쩌면 그 디저트는 월궁 별자리가 게자리인 당신의 마음 또한 달래줄지 몰라요. 부디 진정한 소원을 깨닫는 밤이 되기를."

마스터가 내게 의미심장한 눈길을 보내고 고개 숙여 인사
하더니 테이블을 떠났다.

"진정한 소원……?"

무슨 뜻일까? 미간을 찌푸리며 골몰하고 있는데, 아유가
반짝반짝 눈을 빛내며 몸을 내밀었다.

"고모, 크로켓도 진짜 맛있어."

"아, 응."

행성처럼 동그란 크로켓을 포크로 찍어 치즈에 담갔다. 먹
어보니 크림 가득한 크로켓과 치즈가 절묘하게 어우러져 각
각의 깊은 맛을 돋보이게 해줬다. 나와 아유의 입에서 맛있다
는 말이 지칠 줄 모르고 나왔다.

거의 다 식사를 마쳤을 때 디저트가 나왔다.

"별무리 설탕을 듬뿍 뿌린 '사수자리 사과 사탕'입니다. 궁
수의 화살에 맞은 사과를 '사과 사탕'으로 만든 것이랍니다."

설명대로 사과 사탕 제일 위에 화살이 꽂혔다. 엿으로 코팅
된 사과가 반지르르 빛났다. 위에는 마치 금가루처럼 가루 설
탕이 뿌려져 있었다.

화살은 가만히 보니 나이프여서 그대로 잘라 먹을 수 있었
다. 꼭대기에 구멍을 뚫어 심을 제거했고, 대신 따끈따끈한
꿀을 넣었다. 그래서 생각보다 쉽게 자를 수 있었다.

사과 안은 이중 구조로 되어 있었다. 사과 겉면에서 가까운 데는 식감이 아삭아삭하니 시원했고, 안쪽은 설탕에 절인 콤포트로 채워져 있었다. 사과 겉과 속이 다 바삭한 엿과 가루 설탕에 아주 잘 어울렸다.

가운데 들어간 따뜻한 꿀이 걸쭉하게 흘러내렸다. 꿀을 함께 먹자 그야말로 입안에서 사르륵 녹아 나도 모르게 주먹을 움켜쥐었다.

"맛있다. 아유가 축제에서 먹은 사과 사탕이랑 달라."

맛을 음미하는 아유의 말에 나도 적극 거들었다.

"고모가 아는 사과 사탕하고도 달라."

"그럼 이건 사과 사탕이 아니야?"

"아니아니, 사과 사탕이 맞아. 같은 사과 사탕이라도 누가 어떻게 만드느냐에 따라 이렇게 달라지네."

"대단하다."

"응. 이렇게 호사스러운 사과 사탕은 처음 먹어봐."

우리는 디저트까지 마음껏 먹고 아주 즐거운 시간을 누렸는데, 정신을 차리고 보니 어느새 광장을 떠난 뒤였다.

4

"꿈을 꾼 것 같아⋯⋯."

가든 플레이스 먼발치에 서서 나는 멍하니 뜨거운 입김을
뱉었다. 정말로 꿈이었을까? 광장은 마치 파도에 떠밀려온
것처럼 인파로 가득했다.

음식을 다 먹고 계산하려고 몸을 일으키던 찰나에 트레일
러가 순식간에 사라졌다. 어, 이게 어떻게 된 거지? 이럴 때
는 어쩜 좋아? 그럼 우린 이른바 '먹튀'를 한 게 되나? 아니다,
가게가 사라졌으니까 무전취식은 아니다. 생각에 잠겨 고개
를 갸웃거리는데 아유가 내 손을 잡아당겼다.

"고모, 편의점이야."

나는 정신을 차리고 알겠다고 고개를 끄덕였다. 편의점에

들르기로 했었다.

"그럼 편의점 구경할까?"

"응. 나 편의점 좋아해."

우리는 편의점에 들어가 내일 먹을 빵과 집에 가서 먹을 간식거리 이것저것을 샀다.

"우리 집에서는 밤에 과자 먹으면 혼나."

아유가 편의점에서 나오자마자 불만을 털어놓았다. 후후 웃고 입 앞에 검지를 세웠다.

"오늘 밤은 특별하니까. 대신 이는 꼭 닦아야 한다?"

"응! 특별해!"

아유가 힘차게 대답했다.

내가 사는 아파트는 역에서 걸어갈 수 있는 거리에 있다. 아파트라지만 거실 겸 부엌이 있는 분리형 원룸이다.

"와, 예쁘다."

아유가 집에 들어오자마자 두 팔을 활짝 벌렸다.

조카가 온다고 하니 열심히 청소하기도 했지만, 꿈꿔오던 도시에서의 삶인 만큼 집 인테리어에도 많은 신경을 썼다.

"아유는 오늘 저기에서 자는 거야."

내가 복층을 가리켰다.

"와, 멋지다. 그런데 고모는?"

"고모는 아래에서 잘 거니까 괜찮아. 그보다 아유, 우리 건배할까? 2차."

"응, 2차!"

아유가 봉지에서 과자를 꺼내 테이블에 늘어놓았다. 아유가 산 음료수는 포도 주스. 나는 맥주다.

"건배~."

맥주와 주스로 건배했다.

"아유, 포도 주스 좋아하니?"

"아까 가게에서 마신 주스가 맛있어서 더 마시고 싶었어. 그런데 혼합 주스는 없었어."

"하긴. 그런 음료는 잘 안 파니까."

아유는 그렇다고 고개를 끄덕이더니 헤헤 웃었다.

"그 언니 머리카락도 레몬 같은 색이었지."

"그랬지. 태양처럼 예쁜 금발이었어. 또 흑발 언니의 눈동자는 예쁜 포도색이었어."

마치 두 사람을 보고 혼합 주스를 만든 것 같았다.

"레몬색 머리 언니는 활기찼고 까만 머리 언니는 수줍음이 많아 보였어."

"수줍음이 많은 사람이었어?"

내 눈에는 냉칠한 인상이었는데…….

"응. 아주아주 수줍음을 타는 사람이었어."

그러고 보니 새언니가 이런 말을 했었다. 아유는 감성이 굉장히 섬세한 아이라고.

만약 아유의 말이 옳다면, 그 사람이 무표정하고 억양 없는 말투를 쓴 것은 무뚝뚝해서가 아니라 전부 수줍었기 때문이다. 그렇게 생각하니 귀여워서 웃음이 나왔다.

"아유, 어떻게 매번 그렇게 사람을 잘 알아보니?"

"그렇게?"

이해가 안 되는지 아유가 눈을 동그랗게 떴다.

"음, 아니다. 참, 요즘 무슨 일이 있었는지 말해줘. 학교는 어때? 유치원이랑은 다르지?"

"전혀 달라. 초등학생은 언니니까."

아유가 콧김까지 뿜으며 가슴을 의젓하게 폈다.

"유치원 졸업할 때는 계속 유치원에 다니고 싶다고 울었으면서."

"그건 아주아주 옛날이야."

입술을 삐죽이는 아유에 나는 "옛날이야?" 하고 웃음을 터뜨렸다. 아유는 아주 즐겁게 근황을 보고했다.

"그래서, 그때 아유가……."

역시 지쳤는지 말하면서 아유가 자꾸 눈을 비볐다.

"아유, 양치질하고 그만 잘까?"

"……응."

아유는 눈을 비비며 이를 닦았다. 목욕은 어떡하나 싶었지만, 너무 졸려 하니까 내일 해도 되겠다 싶어 아유를 위에 눕히고 재웠다.

아래로 내려와 이메일만이라도 확인하고 자려고 노트북을 열었다. 그런데 얼마 지나지 않아 위에서 앓는 소리가 들렸다. 아유에게 뭔 일이 있나 싶어 급히 올라가 봤다.

"아유, 왜 그래?"

올라가 보니 아유가 "……흑, 흐윽……" 하고 베개에 고개를 파묻고 울고 있었다. 나는 어쩔 줄 몰라 아유 곁에 다가가 등을 쓸어주었다.

"아유, 어디 아파? 나쁜 꿈 꾸었어?"

아니라며 아유가 고개를 저었다.

"엄마……."

고개를 폭 파묻은 채 서럽게 엄마를 찾았다.

"아유……."

야무져 보여도 아직 어린아이다. 밤이 되니까 불안해서 엄마가 보고 싶어졌나 보다.

"괜찮아. 엄마가 내일 네리러 오실 거야."

나는 아유 곁에 누웠다.

"고모……."

내 가슴에 기대는 자그마한 머리. 어쩜 이렇게 사랑스러울까. 나는 아유의 머리를 가만히 쓰다듬었다.

기대하고 기대하던 외박이지만 역시 엄마가 최고구나. 하긴, 나도 어렸을 때 그랬다. 동네 친구 집에 자러 갔다가 밤에 엉엉 우는 바람에 부모님이 데리러 온 적이 있다. 그때, 아버지가 아니라 엄마에게 울며불며 매달렸다.

우리 엄마는 전업주부였다. 엄마가 항상 집에 있어서 난 좋았지만, 엄마는 전혀 자유롭지 않아 보였다. 늘 아버지의 기분을 맞춰주는 엄마를 보며, 나는 독립적인 여성이 되고 싶었다. 그런 생각을 진지하게 했을 때였다. 오빠가 스물다섯 살이 된 해에 대학 시절부터 사귀던 동갑내기 준코 언니와 결혼한 것이……

젊은 부부였으니 새언니는 오빠와 똑같이 일했다. 부부 관계는 대등했고, 서로를 존중했다. 오빠 부부가 눈부셔 보였다. 두 사람의 결혼 생활에 동경심을 품었고, 나도 결혼하면 이들 부부처럼 살고 싶었다.

하지만 오빠 부부는 아이가 좀처럼 생기지 않아 새언니가 많이 괴로워했다. 꽤 오랫동안 불임 치료를 받았다. 노력한 보람이 있어서 아유가 생겼지만, 옆에서 보기에 너무 힘들어 보였다.

새언니는 아유를 낳고 회사에 복직하는 대신 전업주부가 되기로 했다. 지금이야 아유가 이렇게 천진난만하고 말을 잘 듣는 착한 아이지만, 젖먹이 때는 툭하면 울어 진을 뺐다.

그 모습을 보며 나는 도저히 애는 못 키우겠다 생각했고, 일을 포기하고 육아를 선택한 새언니를 솔직히 이해할 수 없었다.

그래도 지금, 새언니의 기분을 조금은 알 것 같다. 아유에게 엄마는 세상 그 무엇보다도 최고다. 아유에게 세상에서 제일 소중한 존재로 있는 시간이 1분 1초도 아까울 정도로 아유와 같이 있고 싶었을 것이다. 그 시간들이 새언니에게는 힘들게 쌓아온 커리어를 포기할 수 있을 정도로 소중하지 않았을까.

나는 작은 몸을 끌어안고 살며시 눈을 감았다. 잠든 아유의 숨소리를 들으며 나는 문득 중얼거렸다.

"조금은 새언니가 부럽네."

머릿속에 '보름달 커피점'의 마스터가 한 말이 떠올랐다.

5

다음날. 아유를 데리고 다시 아키하바라역으로 갔다.

"아유, 사토미!"

새언니가 벌써 아키하바라 개찰구 앞에서 우리를 기다리고 있었다. 약속 시간보다 한참 전에 도착했을 것이다.

"엄마!"

아유가 엄마 모습을 보자 날듯이 뛰어갔다.

"아유, 즐거웠니?"

"응. 스카이트리에 갔었고 하라주쿠에도 갔었어. 그리고 밤에는 성 앞에서 치즈 퐁뒤를 먹었어."

아유가 따발총처럼 보고했다. 새언니가 그러냐고 맞장구를 치며 나를 보았다.

"사토미, 정말 고마워."

나는 고개를 저었다.

"나도 즐거웠는걸."

"그래도 애랑 하루 종일 같이 있는 게 얼마나 힘든데, 정말 고마워. 그럼 아유, 고모한테 고맙습니다, 해야지?"

새언니가 쪼그려 앉아 아유의 눈을 바라보며 말했다. 아유가 고개를 끄덕이더니 내게 꾸벅 배꼽 인사를 했다.

"사토미 고모, 정말 고맙습니다."

"고모야말로 고맙습니다."

나도 꾸벅 고개를 숙였다.

"그럼 이만 갈까?"

"응, 고모, 또 만나."

아유가 엄마 손을 잡은 채 나를 향해 손을 흔들며 환하게 웃었다.

"또 만나, 아유."

나도 웃으며 손을 흔들었는데, 설명할 수 없는 감정이 가슴에 밀려왔다.

조카를 부모 품에 무사히 돌려보내서 다행이라는 안도감과 해방감. 그보다 더 크게 가슴을 지배하는 것은 이루 말할 수 없는 '상실감'이었다.

어쩌지, 눈물이 날 것만 같아. 두 갈래로 묶은 아유의 머리카락이 흔들렸다. 멀어지는 자그마한 등을 바라보고 있으니 코끝이 시큰해졌다.

내 시선을 느꼈는지 뒤를 돌아보고 바이바이 크게 손을 흔드는 아유를 향해 숨이 막힐 정도의 쓸쓸함을 느끼며 나도 크게 손을 흔들었다.

울면 안 돼. 지금 내가 우는 건 말도 안 된다. 그저 조카가 하룻밤 자러 왔고 지금 집에 돌아갔을 뿐이다. 그게 다다.

그래도 아유와 새언니의 모습이 사라지자, 내 안의 무언가가 무너진 것처럼 눈에서 눈물이 주르륵 흘렀다.

왜? 왜 이렇게 눈물이 나는지 모르겠다. 그저 뜨거운 눈물이 흘렀다.

"……."

그때 비로소 깨달았다.

'부디 진정한 소원을 깨닫는 밤이 되기를'

어젯밤, 마스터가 게자리를 설명하면서 해준 말이 생각났다.

게자리는 '가정과 가족'을 암시한다. 제10하우스에 태양, 제6하우스에 달이 있는 나는 일을 하는 것이 적성에 맞는다. 한편, 달이 게자리에 있어서 '가정과 가족'을 원한다고도 했다.

그 말을 들었을 때는 감이 안 잡혔다. 가끔 본가에 미친 듯이 가고 싶어지는 게 그래서인가, 단순히 이렇게 생각했다.

아니, 아니다. 그건 그냥 허세였다. 사실은 짚이는 데가 있어서 움찔했다. 직면하고 싶지 않아 어떻게든 나를 속이고 외면했던 것이다.

이렇게 사는 것에 이미 오래전부터 한계를 느꼈다. 열심히 일해서 인정받고 싶은 마음은 여전하지만, 금방이라도 다 타서 없어질 것 같은 번아웃 상태다.

그럴 때면 따뜻한 남자친구와 함께하는 시간이 그리워서, 최소한 본가에라도 가고 싶어진다. 그러면서도 결혼이라는 두 글자가 머릿속을 스칠 때마다 털어냈다.

엄마와 새언니를 보며 가정과 일. 그중에서 어느 한쪽을 선택해야 한다고 생각했다. 그렇다면 나의 선택은 늘 일이었다. 일을 좋아하고, 어렵사리 이뤄낸 내 오랜 꿈이기도 했으니까.

하지만 버리지 못한 '소원'도 있었다. 가슴 속 깊은 곳에서 '나만의 가족'을 원했다.

보름달 커피점의 마스터와 만나 나 자신도 깨닫지 못한 마음속을 마침내 들여다봤다.

기슴에 품은 뜨거운 농경을 나는 어느새 '저주'로 바꿔놓았다. '그렇게 동경했던 생활이니까 당연히 행복해야지'라는 저주. 또 하나, 내 멋대로 만들어낸 저주가 내면에서 무럭무럭 자랐다. '일과 가정, 둘 중 하나를 선택해야 해. 둘 다 바라는 건 욕심이야.'

진짜 원하는 것을 못 보게 했던 저주.

아유와 보낸 특별한 밤이 나의 저주를 풀어주었다.

"내 본심을 내가 모르다니……."

작게 혼잣말을 중얼거리며 눈물을 훔치는데, 스마트폰이 뽀로롱 소리를 냈다. 료에게서 온 메시지였다.

「사토미, 이브 말인데, 어떨 것 같아? 아무리 늦어도 괜찮은데.」

맞다. 나는 손으로 입을 막았다. 그러고 보니 료에게 아직 답을 하지 않았다. 나는 슬쩍 입꼬리를 올려 웃으며 답장을 썼다.

「답이 늦어서 미안해. 이브에 최대한 빨리 일 끝내고 갈 테니까 그날 만나자.」

나도 그와 특별한 날을 함께 보내고 싶다. 그가 고맙다는 의미의 이모티콘을 보냈다. 이상하게 또 울고 싶어졌다.

일이 좋고 도쿄를 좋아하는 마음은 변하지 않았다. 남자를 위해 지금까지 노력해서 얻은 전부를 포기할 생각도 없다. 그래도 그와 가족이 되고 싶다. 그러려면 어떻게 하면 좋을지 서로 대화를 나눠보자.

앞으로 어떻게 될지 모른다. 도망치지 말고 마주하자.

나는 일과 가정이 다 필요하다. 어제 먹은 화려한 사과 사탕처럼 호사를 누릴 참이냐고 누가 뭐라 해도 어쩔 수 없다. 나는 그런 별 아래에서 태어났으니까.

일단…….

"멋진 크리스마스이브를 보낼 수 있게 힘내자."

눈물을 쓱 닦고, 모든 것을 훌훌 털어낸 기분을 안고 걸음을 옮겼다.

제2장

삭월 몽블랑과
기적의 밤

1

여덟 살 크리스마스에 아빠가 교통사고로 돌아가셨다.

열여섯 살 크리스마스에 새아빠가 왔고, 열여덟 살 크리스마스에는 동생이 생겼다.

아무래도 집이 불편해진 나는 전문학교에 진학하면서 자취를 시작했고, 어느새 스물두 살. 지금은 어엿한 사회인이다.

나에게 크리스마스란…… 끔찍하게 싫은 날이다.

"괜찮아요. 상점가에는 제가 인사하러 다녀올게요."

나, 스즈미야 고유키는 파견처의 리더 이치하라 사토미에게 환하게 웃어주었다. 이치하라 씨는 미안해 어쩔 줄 모르는 표정이었다.

"정말로 괜찮겠어?"

"네, 이치하라 씨는 얼른 퇴근하세요. 오늘 저녁에 남자친구분이랑 약속 있으시잖아요?"

아무리 괜찮다 해도 이치하라 씨 얼굴에는 미안해하는 기색이 역력했다. 나는 야무진 표정을 짓고 이치하라 씨를 바라보았다.

"당연히 일은 중요하죠. 하지만 사생활도 마찬가지로 중요하다고 생각해요."

"그러는 스즈미야 씨야말로 오늘 크리스마스이브잖아? 특별한 날 아니야?"

"물론이죠! 하지만 오늘 저녁까지는 특별한 일 없어요."

"애인이랑 밤에 만나기로 했어?"

"아니요, 애인은 없어요."

"그럼 밤에 뭐 하는데?"

"오늘 밤 12시 정각에 제가 좋아하는 아이돌 크리스마스 라이브 공연이 생중계하거든요. 저는 오로지 그 시간만 기다렸어요. 그때까지 시간 여유도 있고, 일하면 잔업수당도 받을 수 있으니 파견직인 저는 오히려 기쁜걸요."

주먹을 꼭 움켜쥐고 밝게 말하자 이치하라 씨가 안심했는지 웃었다.

"그럼 미안하지만, 오늘은 부탁해도 될까?"

"그럼요!"

나는 가슴을 활짝 폈다.

"······크리스마스이브에 정시 퇴근이라니 나 입사하고 처음일 거야."

믿기지 않는지 이치하라 씨가 가슴에 손을 올렸다.

나는 킥킥 웃으며 동의했다.

"여기 같은 이벤트 회사는 항상 바쁜 날이니까요."

우리 회사가 아닌 것처럼 말하는 이유는, 나는 어디까지나 외부인이기 때문이다.

성적이 고만고만했던 나는 이도 저도 아닌 대학에 진학하느니 비즈니스 관련 전문학교에서 기술을 익히는 게 낫다고 판단했다. 막상 졸업은 했지만, 취업이 쉽지 않았다. 일단 파견직으로 일하며 정직원이 될 기회를 노리기로 했다.

그렇게 지내기를 2년.

전문적인 기술이나 자격이 있어서 어지간한 일은 할 수 있다. 따라서 파견처도 나를 채용하면 손해보는 일은 없다. 하지만 벌써 여러 회사를 거쳤으나 나를 정직원으로 전환해주는 기업은 아무 데도 없었다. 요즘 들어 정직원은 손이 닿지 않는 꿈처럼 느껴진다.

지금 내가 파견해 일하는 곳은 광고회사 이벤트담당 부서다. 이벤트라고 하면 방송국이나 연예기획사에서 주관하는 화려한 축제나 콘서트 등의 행사를 떠올리기 쉬운데, 이 회사에서는 그렇게 대규모의 이벤트 기획은 하지 않는다. 요즘 주로 맡는 일은 시정촌*이나 마을 자치 모임의 이벤트다.

"우리 마을에서 이런 행사를 한번 열어보고 싶은데 어떻게 하면 좋을까요?"라는 상담이 들어오면 이를 맡아 기획부터 집행까지 이벤트 전반의 일을 담당한다. 기획한 이벤트의 전단을 만들고 광고를 끌어온다.

초기 진행 단계에서는 의뢰인과 만나 미팅도 하지만, 그 후에는 주로 사무실 업무다. 그렇지만 이벤트 당일에는 현장에 찾아가 인사할 때도 많다. 인터넷이 보급된 요즘 세상에서는 조금 시대에 뒤떨어진 행동인지도 모른다. 하지만 현실이 그렇다 보니 실제로 얼굴을 마주하고 대화를 나누면 좋은 인상을 남기게 된다. 그렇게 '다음'으로 일을 이어간다. 팀 리더인 이치하라 씨가 나에게 늘 이렇게 말했다.

"그래도 정말 미안해. 스즈미야 씨, 전에도 나 대신 이바라키의 이벤트에 갔었잖아……."

---

* 일본의 행정구역 체계. 우리나라의 시군구와 비슷하다.

얼마 전에 우리 팀은 이바라키현 쓰쿠바시의 '연말수확제'라는 이벤트를 진행했다. 리더인 이치하라 씨가 이벤트 당일 현장을 방문할 예정이었는데, 약간 문제가 생겨서 시간 여유가 있는 내가 대신 갔다.

"에이, 저 괜히 신경 쓰지 마세요. 저도 그 이벤트 함께 준비했는걸요."

"그랬지."

이치하라 씨가 웃었다.

"입양 파티 아이디어, 스즈미야 씨가 냈었지."

"맞아요. 또 이번 크리스마스이브 이벤트에도 참여했잖아요. 그러니까 제가 이벤트에 인사하러 갈게요. 파견직한테 좋은 추억을 선물한다고 생각해주세요."

그러자 이치하라 씨는 말문이 막힌 듯했다. 내 계약 기간은 내년 3월까지다.

"그럼 현장에 다녀오겠습니다."

장난스럽게 웃고, 토트백을 들고 일어났다.

"고마워, 잘 부탁해."

"네, 맡겨주세요."

인사를 하고 사무실을 나섰다. 복도로 나갈 때, 등 뒤에서 이런 소리가 들렸다.

"스즈미야 씨는 늘 밝아서 좋아."

"응. 파견직인데도 우리 팀 분위기 메이커잖아."

원래는 기뻐할 말이다. 하지만 아무도 없는 엘리베이터에 탔을 때, 내 얼굴에서는 웃음기가 사라졌다.

'밝고 발랄하고 조금 장난기 있는 분위기 메이커.'

나는 어딜 가나 비슷한 소리를 듣는다. 그야 당연하다. 늘 웃는 얼굴로 밝게 행동하는 캐릭터로 보이려고 연기했으니까.

통유리로 된 엘리베이터 안에서 시부야 거리를 내려다보았다. 12월이어서 거리가 색색이 아름답다. 밤이 되면 더욱 눈부시게 빛날 것이다.

언뜻 보면 화려하고 아름답다. 그러나 자세히 보면 어딘지 지저분하다.

딩동, 소리가 나며 엘리베이터 문이 열렸다. 나는 의도적으로 입술을 올려 웃으며 1층 로비로 나왔다. 이 회사는 시부야역과 바로 연결되어 있어 접근성이 아주 좋다. 닛포리로 가는 야마노테선을 타고 길게 숨을 내쉬었다.

2

전철로 약 30분. 닛포리의 야나카 긴자 상점가에 도착했다.

중심 거리를 걷는데 이곳의 공식 캐릭터인 귀여운 까만 고양이가 여기저기 보였다. 커다란 크리스마스트리도 거리를 장식했고, 신나게 이벤트를 즐기는 아이들의 모습도 보였다.

"일부러 와주셔서 감사합니다. 덕분에 이렇게 좋은 이벤트를 열었어요."

기획을 의뢰한 조합의 책임자가 말했다. 초로의 남성이었다. 산타 모자를 쓴 그가 반갑게 웃으며 내게 인사했다.

"무슨 말씀이세요. 저희야말로 많은 분께서 이렇게 즐거워해주셔서 기쁠 따름이에요."

나도 꾸벅 고개를 숙이고, 다시 한번 거리를 둘러보았다.

'고양이마을의 크리스마스'라고 쓰인 현수막이 여기저기에 걸렸다. 동네 사람들이 삼삼오오 모여 산타 모자를 쓰고 밝게 웃고 있었다. 특히 아이들이 많았다.

여러 가지 사정으로 크리스마스를 부모와 함께 보내지 못하는 아이들도 많다. 여기 이벤트는 그런 아이들과도 즐거움을 함께 나누고자, 동네 초등학교에 협조를 구해 준비한 크리스마스 파티다.

"아이들의 웃는 표정이 이 이벤트의 성공을 말해주네요."

내 말에 책임자가 쑥스러운 듯이 웃었다.

"우리 상점가는 애초에 관광객이 그렇게 붐비는 곳이 아닙니다. 하기야 요즘 같은 시대에 전국 어디나 상점가는 힘들겠지만요."

"그렇죠."

나는 씁쓸한 표정으로 고개를 끄덕였다. 요즘 세상에는 셔터를 내린 점포들만 가득한 상점가도 드물지 않다. 어쩌면 이제는 북적이고 활기찬 상점가가 진귀해 보이는 시대일지도 모른다.

"제일 중요한 건 타지 사람이 아니라 지역민들이에요. 지역 사람들에게 사랑받지 못하면 생존하기 어렵습니다. 그러려면 이곳에 뿌리를 내리고 서로서로 도와야 해요. 애써 찾아와주는 관광객도 물론 고맙지만, 어쩌다 한 번씩 오는 관광객보다 일주일에 서너 번 들리는 지역 주민들로 북적이는 그런 상점가를 만들고 싶어요."

"옳은 말씀이에요."

나는 적극적으로 맞장구를 쳤다.

"그렇지. 스즈미야 씨가 여기 오기 전에 이치하라 씨가 메일을 보내셨어요."

"아, 이치하라 씨가 오늘 직접 못 찾아뵈서 죄송하다고 전해달라 했어요."

고작 나 같은 계약직이 온 게 미안한 마음에 허둥지둥 말하자, 책임자가 다정하게 웃었다.

"이치하라 씨가 '크리스마스이브를 가족과 함께 보내지 못하는 아이들에게 즐거운 추억을 만들어주는 이벤트를 해보면 어떨까'라고 제안한 사람이 바로 스즈미야 씨라고 일러주셨습니다."

나는 무심코 어깨를 움츠렸다.

"제안까지는 아니고요……."

내 입에서 불쑥 나온 말을 이치하라 씨가 접수했을 뿐이다.

"아닙니다, 정말 좋아요. 생각 이상으로 크리스마스이브를 가족과 보내지 못하는 아이가 많더군요. 맞벌이 부부이거나

한부모 가정이거나…… 제각각 다양한 사정이 있었어요. 아이들은 지역의 보물이죠. 할 수만 있다면 지역 전체가 다 같이 키우고 싶습니다. 그렇지만 역시 말처럼 쉬운 일이 아니지요. 오늘 같은 특별한 날에만이라도 즐거운 추억을 만들어줄 수 있기를 바랐습니다."

'어린이 저녁 식사권'을 이용해 상점가의 가게에서 좋아하는 음식을 먹고, 축제를 즐기고, 영화도 본다. 내가 무심코 한 말이 많은 사람의 지혜와 협력으로 아이들의 미소로 가득한 축제가 되었다.

"스즈미야 씨, 고맙습니다."

정중한 인사를 받자 눈시울이 뜨거워졌다. 눈물을 감추려고 고개를 깊이 숙였다.

"오히려 제가 드리고 싶은 말이에요. 정말 고맙습니다. 미약하지만 저도 돕고 싶어요."

나는 소매를 걷어붙이는 시늉을 했다.

이렇게 우리가 기획한 이벤트 현장에 얼굴을 내밀고 행사가 끝날 때까지 일을 돕는다. 의뢰인이 요청하거나 윗선에서 강요하는 건 아니지만, 팀 멤버들의 모습을 보면서 그런 자세가 좋다는 걸 배웠다. 하지만 담당자는 괜찮다며 만류했다.

"여기 일손으로 충분하니 괜히 고생 안 하셔도 됩니다."

"앗, 하지만⋯⋯."

"오늘은 특별한 날이니까 스즈미야 씨도 소중한 사람과 보내셔야지요."

웃으며 하는 말에 나는 뭐라고 대꾸하지 못하고 그저 어색하게 웃어 보였다.

"괜찮다면 크리스마스 케이크를 하나 포장해 드리고 싶은데."

나는 고맙다고 대답한 후, 미안한 표정으로 고개를 저었다.

"사실 제가 혼자 살아서요, 다 못 먹을 것 같아요."

"그래요?"

담당자가 조금 아쉬워하며 어깨를 움츠렸다. 사실 거절하지 않고 받는 편이 호감을 줄 것이다. 평소라면 혼자서 다 못 먹을 줄 알면서도 "와, 좋아요!" 하며 받았을 것이다. 그러나 '소중한 사람과 보내셔야지요'라는 말에 무심코 그렇게 대답하고 말았다.

나는 분위기를 바꾸려고 얼른 웃어 보였다.

"다시 한번 정말 고맙습니다. 다음에는 개인적으로 여기 놀러 오고 싶어요."

"네. 꼭 와주세요. 기다리겠습니다."

다시 인사하고 걸음을 옮겼다. 거리를 걷다가 다시 눈에 들어온 고양이 캐릭터에 피식 웃었다. 북적거리는 상점가를 빠

져나와 전철역 방향으로 걷는데 계단이 나왔다. 계단 초입에 '노을계단'이라는 푯말이 보였다.[*]

"아, 이게 '노을계단'이구나……."

푯말을 보기 전까지는 이 계단이 노을계단인지 미처 몰랐다. 혼자 조용히 감탄하며 계단을 올라갔다. 등에 열기를 느껴 계단 중간에서 걸음을 멈추고 돌아보았다. 마침 해가 지려고 했다. 돌계단이 저녁해를 받아 오렌지빛으로 물들었다. 계단 저 너머에 상점가 입구가 보였다. 그곳에서 아이들의 웃음소리가 희미하게 들려왔다.

도시를 빛내는 일루미네이션으로는 절대 만들어낼 수 없는 아름다운 풍경이다. 옛 향수를 불러일으키는 광경이 요즘 시대에도 분명히 살아 숨 쉬며 이렇게 따스함을 전해준다. 마치 기적을 본 것 같았다. 또 눈물이 날 것 같아서 손끝으로 살며시 눈가를 눌렀다.

그때 코트 주머니에 넣어둔 스마트폰이 부르르 진동했다. 엄마의 메시지였다.

「메리 크리스마스, 고유키. 세이에게 크리스마스 선물을 보냈더구나. 마음 써줘서 고맙다. 오늘은 바쁘다 했는데, 내일

---

[*] 일본어로 유유케단단夕焼けだんだん. 야나카 긴가를 내려다보는 풍경이 잡지 등에 실려 노을을 보기 좋은 명소로 알려졌다.

크리스마스에는 올 수 있니? 세이도 누나랑 만나고 싶대.」

아직 다섯 살도 안 된 남동생의 사진도 있었다. 산타 모자를 쓰고 내가 보내준 전철 모형 장난감을 들고 해맑게 웃고 있다.

우리 남매는 둘 다 12월에 태어났다. 내가 12월 18일이고 남동생이 23일이다. 그래서 내 이름은 '작은 눈小雪'이라는 뜻의 '고유키'이고 남동생의 이름은 '거룩한 밤'이라는 뜻의 '성야聖夜'의 성에서 따온 '세이'다. 남동생 생일이 23일인 덕분에 생일과 크리스마스 선물을 한꺼번에 해결할 수 있어서 편하다.

나는 계단 구석으로 비켜서서 빠르게 답을 보냈다.

「와, 세이가 좋아해서 다행이다. 산타 모자를 쓰니까 진짜 귀엽네. 나도 가고 싶은데 일이 너무 많아서 어려울 것 같아. 크리스마스 잘 보내요.」

평소처럼 밝고 활기차게, 또 '아빠가 다른 남동생에게 껌벅 죽는 누나'를 가장해 글을 쓰고, 마지막에 '메리 크리스마스'를 추가해 메시지를 보냈다.

어휴, 한숨을 내쉬고 다시 계단을 올라갔다.

캐럴이 들렸다. 커플이나 가족들이 행복하게 길을 오간다.

갑자기 바람이 휙 분 것처럼 쓸쓸함이 내 마음을 덮쳤다. 나도 모르게 아랫입술을 깨물자, 건조해서 갈라지고 푸석푸석해진 입술이 따끔했다.

에잇, 혀를 찼다. 이제 와서 이러면 어떡해. 계속 마음 속 쓸쓸함을 멀리했는데…….

상점가의 따스함과 마주한 탓에 이렇게 울적해졌나 보다. 나의 쓸쓸한 마음을 늘 위로해주던 친구도 오늘은 남자친구나 가족과 보낸다. 나는 남자친구도, 돌아갈 집도 없다. 정확히 말하면 집이 있지만, 본가는 엄마와 새아빠, 두 사람 사이에서 태어난 남동생의 집이지 내 집은 아니다. 회사도 한곳에 오래 머무르지 못하는 내가 꼭 철새 같이 느껴진다.

계단을 다 올라가 다시 한숨을 내쉬었다. 그때였다.

"어서 오세요. 지금 크리스마스 이벤트를 진행 중입니다."

어디선가 발랄한 목소리가 들려왔다. 상점가 이벤트를 홍보하는 소리인가 싶어 고개를 돌렸다. 이어 내 눈에 들어온 사람들을 보고 깜짝 놀랐다.

아주 화려하고 화사한 외국인 남자아이 둘이 유창한 일본어로 전단을 나눠주고 있었다. 한 명은 겉머리는 금발에 속머리는 핑크색으로 염색을 했고, 다른 한 명은 중성적인 외모의 은발 소년으로 무표정하게 "여기요"라고 말하며 전단을 내밀었다. 두 소년 모두 예쁘장하게 생겼다.

그런데 길을 오가는 사람들은 그들이 전혀 눈에 보이지 않는 듯 무심히 지나쳤다. 혹시 모델 에이전시 같은 곳에서 길거리 캐스팅이라도 하기 위해 함께 나온 모델인가? 호기심에 힐끔힐끔 그쪽을 관찰했다. 주위 사람들 다 그들을 못 본 척하고 지나치는데, 30대 중반의 양복 입은 남성이 전단을 받았다.

"크리스마스를 미술 전시와 함께 보내면 어떨까요?"

전단을 건네며 하는 말이 귀에 들어왔다. 대충은 어떤 상황인지 감이 왔다. 그림 판매전의 전단을 돌리나 보다. 그렇다면 흥미 없는 사람은 무시할 테고, 자칫 비싼 그림을 덤터기 쓰면 곤란하니까 시선도 맞추지 않을 것이다.

'하긴' 하고 고개를 끄덕이는데, 금발 핑크 소년이 바로 눈앞에 섰다. 나는 놀라서 눈을 크게 떴다.

"아가씨, 괜찮으시면."

그가 히죽 덧니를 보이며 전단을 내밀었다.

'아사쿠라 조소관 크리스마스 일루미네이션 전시 중'

이렇게 적혀 있었다.

"아사쿠라 조소관……."

도쿄도 다이토구가 관리하는 미술관으로 알고 있다.

"여기에서 걸어가면 금방이니까 꼭 들러주세요."

화사한 외국인 소년이 전단에 있는 간략한 지도를 가리켰다. 도에서 운영하는 미술관이니 수상한 곳은 아닐 테다. 집에 가고 싶은 기분도 아닌데 잠깐 들러도 괜찮겠지? 나는 전단을 바라보며 별생각 없이 걸음을 옮겼다.

'아사쿠라 조소관朝倉彫塑館'은 소년의 말처럼 '노을계단'에서 걸어서 몇 분 거리에 있었다. 이곳은 조각가인 아사쿠라 후미오*의 미술관이다.

벽은 기본적으로 까맣고, 입구는 곡선을 그린다. 동서양을 절충한 건물이 복고적인 동시에 신선했다.

'크리스마스 일루미네이션 전시'라는 말대로 정원에 있는 나무에 일루미네이션 장식이 되어 있었다. 평소에는 오후 네 시 반이면 폐관을 하는데, 오늘만 시간을 연장했다고 한다.

그러나 손님이 없었다. 솔직히 크리스마스 일루미네이션이라고 할 만한 것도 없어서 전시를 하는지 모르는 사람이 더 많을 것이다. 그러니 모처럼 열린 행사인 만큼 소년들이 홍보 전단을 나눠줬겠지.

혼자 상황을 파악하고 있을 때, 양복 차림의 남자가 나를 지나쳐 건물 안으로 들어갔다. 아까 전단을 받은 30대 중반쯤 되어 보이는 회사원이었다.

어디서 본 적 있는 것 같은데? 나는 그를 응시했다. 어디에서 만났더라? 전혀 생각이 나지 않아 나는 크게 숨을 내쉬

---

* 1883년 3월 1일~1964년 4월 18일. 동양의 로댕이라고 불린 조각가.

었다.

"뭐, 상관없지."

넓다고는 할 수 없는 조소관 부지로 들어가자, 구석에 트레일러가 한 대 서 있었다. 보름달 무늬가 그려진 간판이 있다. 보아하니 트레일러 카페 같았다.

아기자기하니 귀여운데, 안에 아무도 없었다. 낮에 여기에서 커피를 파나? 그런 생각을 하며 건물 안으로 들어갔다.

3

이 미술관은 조금 신기하게도 신발을 벗고 들어간다. 신발을 벗어 비닐봉지에 넣고, 입장료를 내고 입장권과 책자를 받았다. 순서대로 돌아보기 전에 책자를 펼쳐 '아사쿠라 후미오'에 관한 소개글을 읽었다.

아사쿠라 후미오는 오이타현 출신으로, 메이지 시대부터 쇼와 시대에 걸쳐 활동한 조각가다. 메이지 40년(1907년)에 도쿄미술학교(현재 도쿄예술대학)을 졸업한 후, 일본 조각계를 이끌었고 조각가로서 최초로 문화훈장을 받았다고 한다. '호오' 하고 나는 조용히 반응했다.

안내된 순서대로 첫 전시장에 들어갔다.

양복 차림에 수염을 기른 신사가 의자에 앉은 모습을 묘사한 커다란 좌상 앞에서 나도 모르게 걸음을 멈췄다. 순간적으로 링컨 대통령을 떠올리게 하는 조각상이었다. 이 조각상의 모델은 메이지 시대의 외교관 '고무라 주타로'라는 인물이라고 한다.

오쿠마 시게노부*의 입상도 숨 막힐 정도로 박력 넘친다.

예술은 잘 모르지만 아사쿠라 후미오라는 사람은 모델이 갖춘 아우라까지도 작품에 담아내는 예술가 같다.

당대 위인들을 실제로 눈앞에서 본 것 같은 기분을 느끼며 순서대로 걸었다.

이 건물은 한때 아사쿠라 후미오의 아틀리에 겸 집이었다고 한다. 그가 쓰던 서재가 있었는데, 서재에서 나오면 판자 복도와 나무 살을 댄 유리문이 보였다. 창 너머는 안뜰인데, 세심하게 가꾼 일본식 정원이었다. 조금 전까지는 쇼와 시대의 복고풍 서양식 건물이었는데 갑자기 일본식 전통 저택으로 분위기가 바뀌었다.

2층에 올라가자 안뜰을 내려다볼 수 있었다. 연못에서 커다란 비단잉어가 유유히 헤엄쳤다.

"꼭 고급 여관 같다."

---

* 일본 내각총리대신이었던 사람으로 와세다대학교 설립자.

건물도 경치도 멋지다.

"주택가에 이렇게 멋진 곳이 있을 줄이야."

감탄하며 둘러보는데, 옥상에 올라갈 수 있다고 해서 신발을 신고 바깥 계단으로 나갔다.

옥상에 가기 전에 아래쪽도 전시장이어서 일단 거기부터 보고 싶어 관람 순서를 무시하고 계단을 내려갔다. '난초의 방'이라는 곳으로, 한때 온실이었다고 한다.

천장은 유리로 된 삼각 지붕이고, 벽 중앙에 동그란 창문이 있다. 벽도 천장도 새하얘서 '난초의 방'이 아니라 그야말로 '순백의 방' 같았다.

"······그보다는 '고양이의 방'인가."

이 방에 전시된 조각은 전부 고양이였다. 잠든 고양이, 사냥감을 노리는 고양이. 금방이라도 고른 숨소리가 들리거나 움직일 것처럼 역동적이다. 아사쿠라 후미오는 고양이를 굉장히 좋아했나 보다.

"귀엽네······."

이곳에 오기를 잘했다고 생각하며 이번에야말로 옥상 정원으로 나갔다. 책자를 읽어보니, 아사쿠라 후미오는 일본 옥상 정원의 선구자였다고 한다.

벌써 해가 저서 하늘이 푸르스름하다. 옥상 식물에 전구를 장식해서 반짝반짝 일루미네이션이 빛났다.

"와!"

옥상에 나온 나는 걸음을 멈추고 눈을 커다랗게 떴다.

왜 '보름달 커피점'의 간판이 여기에 있지 싶어 놀랐다. 거기에 '크리스마스이브 특별 오픈'이라는 글도 적혀 있었다. 그다지 넓지 않은 정원에 두 사람 정도 앉을 수 있는 테이블과 의자가 놓였다.

"어서 오세요."

앞치마를 하고 커다란 고양이 인형 탈을 쓴 점원과 아름다운 외국인 점원이 상냥하게 나를 반겨주었다. 흑발 여성과 금발 여성이다. 또 전단을 나눠주던 금발 핑크 소년과 은발 소년도 보였다.

"앗, 와줬네요. 진짜 반가워요."

히죽 덧니를 보이며 금발 핑크 소년이 다가오더니 내 어깨를 안았다. 흑발의 아름다운 여성이 불쑥 말했다.

"우라노스, 그거 자칫하면 성추행이 될 수도 있다?"

"헉, 미안합니다."

우라노스가 허둥지둥 팔을 떼더니, "자, 여기에 앉으세요" 하고 이번에는 의젓하게 테이블을 가리켰다.

나는 고맙다고 살짝 웃으며 인사하고 테이블 앞의 의자에 앉았다. 임시로 만든 것치고 제법 멋진 바 스타일의 테이블이다.

손님은 나 말고 딱 한 명 더 있었다. 아까부터 두 번쯤 본 양복 입은 남성이다. 그도 테이블에 앉아 있었다.

이 사람…… 정말 어디서 본 것 같은데. 제법 잘생겨서 한번 봤으면 잊어버리지 않을 텐데…….

힐끔힐끔 훔쳐봤는데, 내 시선을 느꼈는지 그의 눈과 마주쳐서 얼른 고개를 돌렸다.

"안녕."

그가 먼저 말을 걸어서 나는 어색하게 웃어 보였다.

"오랜만이네."

그 말에 나는 "네?" 하고 반응했다.

"나를 기억 못하려나?"

나는 그를 바라보고 꿀꺽 마른침을 삼켰다.

본 기억은 있다. 분명히 어디선가 본 얼굴이다. 예전 회사에서 봤던 사람일까? 어쩌지, 전혀 생각이 안 나. 누구인지 모르니까 어떤 태도로 대하면 좋을지 모르겠다. 어쩔 줄 몰라 시선이 흔들렸다.

"다짜고짜 아는 척해서 당황했겠다. 미안해."

미안해하면서, 그러면서도 구김살 없이 웃는 모습이 전혀 나쁜 사람 같아 보이지 않았다.

"저기…… 어디에서 만난 적 있나요?"

조심스럽게 묻자, 그가 눈을 커다랗게 뜨더니 푸하하 웃었다.

"뭐야, 정말로 나를 기억 못하는구나. 아쉽네."

죄송해요, 하고 나는 어깨를 움츠렸다.

"괜찮아, 그럴 수 있지. 그나저나 지금은 이 근처에 사니?"

자연스레 화제가 전환되었고, 그의 질문에 나는 살짝 고개를 저었다. 음, 예전에 만난 적 있는 사람인가 보다.

"아니요, 일하고 퇴근하는 중이에요."

"퇴근도 했겠다, 그럼 이제부터 크리스마스 파티에 가야겠구나."

"아니요, 전 그런 거 안 해요. 친구도 없고 혼자 사는데요, 뭘."

말하는 순간 '아차' 싶었다. 외롭다는 걸 드러내며 유혹한다고 오해할 수도 있으니 말이다. 괜히 착각하면 어쩌지 하고 생각하는데 그가 갑자기 묘한 표정을 짓더니 "그렇군……" 하고 나직하게 중얼거렸다. 대체 뭐지? 나는 고개를 갸웃거렸다.

"그렇다면 여기에서 잠깐 나랑 크리스마스 파티를 할까?"

응? 나는 눈을 깜박였다. 내게 망설일 틈도 주지 않고, 그가 마스터 쪽을 보고 한쪽 손을 들었다.

"그럼 마스터. 부탁해요."

"알겠습니다."

고양이 마스터가 살짝 고갯짓을 하더니 옥상을 떠났다.

"저기, '부탁한다'니요?"

"아, 여기 '보름달 커피점'은 주문을 받지 않는다고 해."

"네?"

"마스터가 손님에게 딱 맞는 음식을 알아서 갖다준대."

"하지만 그랬다가 입맛에 전혀 안 맞거나 알레르기가 있으면 어떡하죠?"

진지하게 반응한 내게 그가 "정말 그러네"라고 하며 웃었다.

"맛이 없거나 알레르기가 있는 음식이 나오면 '이건 아닌 것 같아요'라고 말하면 되지 않을까?"

"저는 그런 말은 못 할 것 같아요……."

"그래?"

"네. 제가 워낙 사람들한테 싫은 소리 못하고 눈치 보는 게 습관이 돼서……."

안면이 있는 것 같긴 한데, 잘 모르는 사람한테 내가 지금 무슨 소리를 하는 거람. 나는 씁쓸하게 웃었다. 하긴, 모르는 사람이니까 할 수 있는 말일지도 모른다.

고개를 들지 못하고 아래만 쳐다보고 있는데, 점원 하나가 가벼운 발걸음으로 다가왔다. 금발에 푸른 눈을 한, 할리우드 배우처럼 아름답고 천진난만해 보이는 젊은 여성이다.

"다시 한 번 인사드려요. 저는 비너스라고 해요. 다들 '비'라고 불러요. 오늘은 주방이 아래에 있어서 음식이 나올 때까지 시간이 걸릴 거예요. 이해해주시길 바랍니다."

그러면서 우리 앞에 물잔을 내려놓았다. 문득 조소관 부지 내에 있던 차량이 생각났다.

"혹시 아래에 있던 트레일러에서 요리하나요?"

"맞아요."

비너스가 대답하며 뭐가 즐거운지 검지를 척 세웠다.

"음식이 나올 때까지 대화를 나눠보면 어떨까요? 꼭 묻고 싶은 게 있어요."

"나한테요?"

"네, 당신은 본인의 '진정한 소원'을 알고 있나요?"

비너스의 갑작스러운 질문에 나는 어리둥절했다.

"저의 진정한 소원이요?"

"네."

비너스가 힘차게 고개를 위아래로 흔들었다.

"얼마 전에 마스터가 앞으로의 시대는 '자신의 진정한 소원을 아는 게 중요하다'라고 말했어요. 그런데요, 진정한 소원을 '안다'는 점이요. 그걸 일부러 알아야 할 필요가 있나요?

그런 건 다들 당연히 아는 거 아닐까요?"

일본어로 유창하게 말하는 비너스를 보며 멍하니 '글쎄요' 하고 말을 흐렸다.

"그랬더니 루나가, 저기 있는 까만 머리 여자요, 아는 것 같으면서도 내면 깊은 곳에 감춰진 상태여서 잘 모르는 사람도 많다고 했어요. 이걸 어떻게 생각하세요?"

그 질문에 나는 무심코 팔짱을 끼고 생각에 잠겼다. 말을 듣고 보니 나의 '진정한 소원'은 대체 뭘까? 제일 먼저 떠오른 것은 이것이었다.

"저의 진정한 소원은 역시 '복권 당첨'이 아닐까요?"

그렇게 말하자 옆에 앉은 남성이 웃음을 터뜨렸고, 비너스는 의아한 듯 미간을 찡그렸다.

"왜 '복권'이에요?"

"어, 그거야 당연히 돈이 있으면 뭐든 할 수 있으니까요."

"그럼 '뭐든 할 수 있는 만큼의 돈'이 있으면 뭘 제일 먼저 하고 싶어요?"

"어어, 여행도 가고, 쇼핑도 하고, 집도 사고, 회사도 그만 둘 거예요."

거기까지 말하고 아하하 웃었다. 그런데 비너스가 아주 진지한 표정으로 나를 바라보았다.

"그게 당신의 '진정한 소원'인가요?"

비너스가 마치 고양이처럼 아름다운 푸른 눈으로 내 눈을 지긋이 들여다보았다. 동공에 금빛이 섞였다. 그 눈빛이 부담스러워 나도 모르게 시선을 피했다.

"왠지 그 '소원'은 피상적이고 진짜가 아닌 것 같아. 역시 마스터랑 루나의 말이 맞나⋯⋯."

비너스가 혼자 중얼거리더니 조금 미안한 표정으로 나를 바라보았다.

"미안해요. 그 소원은 분명히 이루어지지 않을 거예요."

내 얼굴이 굳어지고 몸도 움츠러들었다.

"어어, 네. 알고 있어요. 복권에 당첨될 리가 없죠."

비너스가 그게 아니라고 고개를 저었다.

"'진정한 소원'이라면 '이루어지는 힘'이 있어요. 하지만 자기 마음과 살짝 어긋난 소원은 이루어지지 않아요."

"네?"

나는 고개를 갸우뚱했다.

"저 정말 복권에 당첨되길 진심으로 바라는데요."

당첨될 리 없다고 생각하지만, 당연히 당첨되기를 바란다. 그러자 비너스가 끄응 신음하며 팔짱을 꼈다.

"'복권에 당첨되고 싶다'라는 말은 즉 '돈이 많았으면 좋겠다'인 거죠?"

정확히 핵심을 꿰뚫는 말에 나는 쓴웃음을 지으며 그렇다고 대답했다. 그러자 비너스가 주머니에서 다이아몬드가 그려진 트럼프 카드를 꺼냈다.

"'돈'은 사실 '경험과 교환할 수 있는 티켓'이에요."

그러면서 카드를 휙 돌리자, 청년이 여행을 떠나는 것 같은 그림이 보였다. 트럼프가 아니라 타로였다.

"예를 들어 '여행하는 경험', '맛있는 음식을 먹는 경험', '집을 사는 경험' 같은 거요. 돈은 그런 경험을 교환하는 티켓인 셈이에요."

비너스는 카드를 테이블 위에 내려놓고 다시 나를 보았다.

"우주의 별들은 언제나 '경험하고 싶은' 사람을 응원하고 싶어 해요. 그러니까 별들도 '당신은 무엇을 경험할 티켓을 원하나요?'라고 묻긴 하지만 사실은 돈이라는 이름의 '경험 티켓'을 건네줄 준비를 하고 있어요. 그런데 당신이 '아니요, 일단 티켓을 주세요. 뭐든 좋으니까 달라고요'라고 대답하면 별들도 '그건 좀 그러네요' 하고 망설이지 않겠어요? 주고 싶어도 줄 수가 없어요. '복권에 당첨되고 싶다'는 생각은 바로 그런 거예요."

그제야 비너스가 히려는 말을 이해했다.

"그러네요. 나도 '일단 돈만 있으면 된다'라고 생각해서 '복권에 당첨되고 싶다'고 바랐어요."

"물론 세상에는 '복권에 당첨되는 경험을 하고 싶은' 사람도 있겠죠. 사람에게는 복권 당첨이 '진정한 소원'이니까 이루어질 힘이 있어요. 하지만 당신이 말하는 '복권에 당첨되고 싶다'는 진짜 소원이 아니고, 오히려 당신이 마주해야 할 것에서 도피하는 마음이에요."

"도피!"

말이 너무 심하다 싶어 눈을 휘둥그렇게 떴다. 비너스는 후후 천연덕스럽게 웃으며 또 검지를 세웠다.

"그러니 '돈은 경험과 교환할 수 있는 티켓이다'라고 생각하고 다시 한번 대답해보세요. 당신은 '어떤 경험을 할 티켓'을 원하나요?"

나는 입을 다물었다.

집도 사고 싶고 일도 하기 싫다. 하지만 그건 비너스의 말처럼 '진정한 소원'과는 다르고 현실 도피에 가깝다.

나는 뭘 원하는 거지? 열심히 머리를 굴렸다. 이윽고 도달한 대답은 정말 사소한 것이었다.

"정직원이 되고 싶어요."

"지금 다니는 회사에서?"

옆에 앉은 남성이 물었다. 나는 또 말문이 막혀 시선을 떨구었다.

그건 아니다. 정직원이 될 수만 있다면 어디든 좋다. 이런 내 마음은 대체 뭐지?

내 마음이 도무지 보이지 않아 잔뜩 미간을 찡그리고 고민했다. 이윽고 마음속 깊은 곳에 자리한 생각이 희미하게 보였다.

순간 인정하고 싶지 않다는 거부 반응이 생겼으나, 그 생각을 떨치려고 고개를 도리도리 젓고 입을 열었다.

"사실 그것도 아니고요……. 나를 필요하다고 여겨주면 좋겠어요."

마음속 바람을 말로 내뱉자 현실감이 확 느껴지면서 울컥 서러움이 복받쳐 올랐다.

"누가?"

옆자리 남성의 반문에 나는 자조적으로 웃었다.

"꼭 누구라고 할 것 없어요."

사회가, 회사가, 누군가가 날 필요로 해주었으면 좋겠다.

"왜 당신을 필요한 사람이라 여겨주길 바라나요?"

비너스가 다정하게 물었다.

앞서 이야기했듯이 우리 아빠는 내가 여덟 살 때 죽었다.

눈 내리는 크리스마스이브 밤이었다.

퇴근길, 아빠는 내게 줄 크리스마스 선물을 사려고 서둘렀다. 장난감 가게가 곧 문 닫을 시간이었기 때문이다. 서두르느라 신호가 없는 곳에서 길을 건너다가 그만 차에 치여 그 자리에서 돌아가셨다.

아무도 말로 표현하지는 않았으나, 다들 똑같이 생각할 것이다. 나 때문에 아빠가 죽었다고.

아빠가 죽고, 우리 가족의 삶도 완전히 달라졌다. 싱글맘이 된 엄마는 돈을 벌러 나가기 시작했고, 매일 지친 얼굴로 돌아왔다. 그 얼굴을 볼 때마다 나는 죄책감에 시달렸다. 그래서 집에 있을 때는 최대한 밝게, 집안일이며 뭐든 알아서 하는 '착한 아이'가 되려고 노력했다.

엄마의 재혼도 사실 전혀 기쁘지 않았지만 유난스러울 정도로 기뻐했다. 새아빠를 좋아하는 척했고, 새로 태어난 남동생도 귀여워 어쩔 줄 모르는 척했다. 왜냐하면 이 가족한테 나는 불청객이라는 걸 알고 있었기 때문이다.

엄마도 새아빠도 "가끔은 집에 와서 얼굴도 좀 보여주렴" 하고 종종 문자도 보낸다. 그건 다 그냥 하는 말이다. 사실 나는 없어도 되는 불필요한 존재니까. 그러니 최소한 직장에서만큼은 필요한 인간이 되고 싶었다. 그렇지만 나는 한결같이

'선택받지 못한 인간'이었다.

악착같이 취업 준비도 했지만, 전부 실패했다. 파견직 사원이 되어 파견처에서 능력 이상으로 열심히 노력했다. 그러나 나를 정직원으로 받아주는 회사는 그 어디에도 없었다.

그럴 때마다 나는 어딜 가도 불필요한 인간이라는 낙인이 찍히는 기분이었다.

"여태껏 나란 인간은 그랬으니까. 그런데 이제는 정말 누구에게서든 내 존재를 인정받고 싶어요."

말할수록 코가 시큰해졌다. 고개를 푹 숙이고 있는데, 무언가가 툭 하고 놓이는 소리가 났다. 고개를 들자, 하얀 접시 위에 흑갈색의 몽블랑 케이크가 있었다.

몽블랑 꼭대기에 황금색 밤이 올라 있고, 반짝반짝 금가루도 곱게 뿌려져 있으며, 군데군데 잘게 썬 호두와 견과, 건딸기로 예쁘게 장식되어 있었다.

"오래 기다리셨습니다. '삭월 몽블랑'입니다."

케이크를 들고 온 고양이 마스터가 눈을 가늘게 뜨고 웃었다.

"삭월……?"

밤하늘에는 달이 눈부시게 반짝였다.

"오늘은 달이 예쁘게 뜬 밤이지만, 이건 눈에 보이지 않는 삭월의 빛을 쬔 품질 좋은 밤으로 만든 몽블랑입니다."

나는 뜨거워진 눈가를 누르고 마스터를 보았다.

"······삭월의 빛을 쬐면 더 맛있어지나요?"

"삭월에는 '소원을 이루는 힘'이 있습니다. 당신이 진정한 소원을 깨닫고 그 소원이 이뤄지길 바라는 마음을 담았답니다."

마스터를 바라보며 부드럽게 미소를 지었다.

"고마워요. 마침 진정한 소원을 깨달은 참이에요."

내 존재를 인정받고 싶다. 그게 나의 소원이었다.

그러자 마스터와 비너스가 얼굴을 마주 보더니 의미심장하게 웃었다.

"물론 그것도 당신의 소원이겠지만, 그보다 더욱 크고 본질적인 소원이 있을 거예요."

마스터가 말하고 비너스가 옆에서 그렇다고 맞장구를 쳤다. 무슨 말이지? 나는 미간을 찌푸렸다.

"당신의 달은 물고기자리이니 지금 본인의 진정한 소원을 깨닫기 어려울지도요."

"물고기자리? 아니에요, 전 12월에 태어나서 사수자리인데요······."

내가 당황하는데, 옆자리에 앉은 남성이 작게 웃었다.

"일단 음식부터 먹으면 어떨까?"

"그러네요……."

나는 그를 바라보았다. 그의 앞에는 동글동글한 모양의 디저트와 커피가 있었다.

"이건 '초콜릿 블랙홀'입니다. 빛을 삼키는 블랙홀을 작은 초콜릿 구체로 표현했어요."

마스터가 설명했다.

"오, 좋은데요. 고마워요, 마스터. 잘 먹겠습니다."

그가 커피를 한 모금 마시더니 "맛있네" 하고 진심으로 기뻐하듯 웃었다. 커피를 굉장히 마시고 싶었는지, 디저트에는 손도 대지 않고 연신 커피만 마셨다.

"잘 먹겠습니다" 하고 나도 포크를 들었다.

'삭월 몽블랑'은 공기를 풍부하게 머금어 폭신폭신 가볍고 부드러웠다. 너무 달지 않으면서도 진한 맛이 매우 인상적이다. 안은 크림치즈 케이크였다. 산뜻한 우유의 풍미가 밤의 진한 맛을 중화해주는지, 두 가지 맛이 다 돋보였다.

"……맛있다. 정말 맛있어요."

지금까지 열심히 노력한 나를 위로하며 폭 감싸 안아주는 맛이었다.

"다행이야."

남성이 다정하게 건네는 말에 나는 그렇다고 고개를 끄덕였다.

"나도 여기 커피를 마시는 게 오랜 꿈이었어."

"커피를 그렇게 드시고 싶으셨어요?"

혹시 커피를 끊었었나? 고개를 갸웃거리는데, 그가 뭐가 재미있는지 한참 웃고서 나를 바라보았다.

"너를 다시 한 번 만났으니까."

"네?"

"만나서 기쁘구나, 고유키."

갑자기 그의 입에서 내 이름이 나오다니 놀라서 눈을 동그랗게 떴다. 시선이 마주치자 그가 애틋하게 웃었다.

"미안하다."

어떻게 내 이름을 알지? 왜 사과하는데?

나는 당황해서 그를 차분하게 살폈다. 그 사람과 정면에서 눈을 마주치자, 옛날 기억이 되살아났다.

맞아.

어떻게 잊을 수 있지?

드문드문, 하얀 송이가 하늘에서 떨어진다. 눈이다.

"14년 전 오늘…… 크리스마스이브인데 일 때문에 퇴근이 늦어졌어. 그래도 돌아가는 길에 꼭 네가 갖고 싶어 하던 장난감을 사주고 싶어서, 서둘러 회사에서 나온 건 맞아."

그의 말에 심장 박동이 두근두근 거세졌다.

"하지만 도로에 뛰어든 건 다른 이유에서였어. 고양이가 쓰러져 움직이지 못하고 있는데, 하필 차가 막 달려오더라고. 고양이가 위험하니까 무작정 뛰어들었어. 그 다음 일은 전혀 생각지 못했어. 그러는 바람에 고유키와 마마를 슬프게 했지……. 고양이가 무사했으니까 그나마 다행이었어."

그렇게 말하며 그가 웃었다.

그랬다. 당시 우리 집에서는 아빠는 '아빠', 엄마는 '마마'라고 불렀다. 아빠도 내 앞에서는 엄마를 '마마'라고 불렀다.

두근두근, 점점 더 심장 박동이 거세진다. 온몸이 떨려서 현기증까지 느꼈다. 뭐야 이런 거…… 말도 안 되잖아.

엄마는 아빠 얼굴을 보는 것만으로도 너무 괴롭다며 아빠 사진도 못 보게 했다.

나도 죄책감에 괴로워하며 아빠 사진을 찾지 않았다.

아빠는 정말 다정하고 현명하고 멋진 사람이었다. 나는 아빠를 정말 정말 좋아했다……. 그런 아빠를 빼앗아 간 크리스마스를 좋아할 수 없었다.

"고유키가 태어났을 때부터 계속 기대했어. 네가 자라서 어른이 되면 너랑 꼭 데이트하려고 했어. 그런데 네가 다 크기도 진에 사고를 당하다니 바보 같지."

커피를 마시며 그가 절절하게 말했다. 나는 목에 뭐가 걸린 것처럼 도무지 말이 나오지 않는다.

그가 커다란 손으로 조심스레 내 머리를 쓰다듬고 얼굴을 들여다보았다. 어른이지만 아이처럼 순박한 미소. 그 미소가 틀림없는, 봉인했던 기억 속의 아빠 모습이어서 나는 기어드는 목소리로 물었다.

"정말로 아빠야……?"

"고유키, 미안하다. 아빠가 죽은 건 네 탓이 아니야. 또 그때 그 고양이 때문도 아니야. 그건 어쩔 수 없는 사고였어."

아빠가 커다란 손으로 내 뺨을 감쌌다.

"……아니야, 나도 미안해."

아빠의 얼굴을 보고도 바로 알아채지 못했다. 몸이 자꾸만 떨렸고, 너무 놀란 탓인지 눈시울이 붉어졌는데도 눈물이 나오지 않는다.

"괜찮아. 그때 고유키는 아직 어렸으니까."

아빠가 목도리를 내 목에 둘러주었다.

"그것만이 아니야. 마마가 새아빠를 데려온 것도 사실…… 하나도 안 좋았는데, 좋아하는 척했고…….."

나는 목에서 억지로 소리를 짜내듯이 말했다.

계속 아빠한테 미안하다고 생각했다. 지금까지 소중히 아껐던 아빠의 물건을 전부 벽장에 밀어 넣은 채 새아빠를 반기고, 새아빠를 좋아하는 척 굴었던 나를 받아들일 수 없었다.

아빠에게도 미안했고 그때그때 거짓으로 가장한 나를 용서할 수 없었다.

"고유키, 괜찮아. 아빠는 마마가 아빠 없이 얼마나 고생했는지 다 알아. 오히려 그런 선택을 해줘서, 인생의 다음 단계로 나아가서 아빠도 좋아."

그래도 내가 말이 없자, 아빠가 내 얼굴을 살피며 웃었다.

"이 세상에 살아 있는 사람들은 모르는 감각일 테지만, 다음 세계로 떠난 사람들은 가족이 행복한 게 제일 기쁘단다. 아빠는 마마가 새아빠와 함께 다시 행복을 찾을 수 있어서 진심으로 기뻐."

"⋯⋯정말로?"

아빠가 그렇다고 힘차게 고개를 끄덕였다.

"새아빠가 굉장히 좋은 사람이어서 마음이 놓였어. 너한테도 다정하지?"

나는 그 말을 순순히 받아들이지 못했다.

"마마가 좋으니까 나한테도 마음을 쓰는 거겠지."

냉소적으로 대꾸하고 시선을 피했다.

"고유키, 네가 아직 마마 배 속에 있을 때 일인데, 원래 네

출산 예정일이 크리스마스였어."

알고 있다고 고개를 끄덕였다. 그 이야기라면 잘 안다.

"그래서 아빠는 딸이면 이름을 '고유키'로 지으려고 했다고 들었어"

"그래. 그리고 사실 이름을 하나 더 생각했었어."

이건 처음 듣는 이야기다.

"만약 아들이 태어나면 '세이'라는 이름을 짓자고 마마랑 얘기했어. 성야의 '성'을 따서 '세이'라고."

그 말을 듣고 놀라서 고개를 들었다.

"세이…… 정말로?"

그건 지금 남동생의 이름이다.

"그래. 아빠와 마마 사이의 사연을 다 알고 새아빠는 일부러 자기 아들에게 '세이'라는 이름을 지어준 거야. 그분은 정말 마음이 넓고 다정한 사람이야. 그러니까 고유키, 안심해도된다. 그분은 단단히 각오하고 네 아빠가 된 분이니까."

"……."

아무 말도 못하고 그저 아빠를 바라보았다.

지금까지 나는 도대체 뭘 한 거지? 아빠가 죽은 건 나 때문이라 자책하고, 아빠를 추억하고 싶었으면서도 그러지도 못했다. 새아빠를 반기는 척하면서 절대로 받아들이지 않았고,

오히려 겉으로만 다정한 사람이라고 오해까지 했다.

전부 사실과 달랐다. 나는 왜 이렇게 비뚤어진 거야……?

이런 감정은 모두 나 자신을 탓한 것에서 시작했다. 나는 눈을 휘둥그렇게 떴다. 마침내 깨달았다. 나의 '진정한 소원', 그것은 바로.

"'나를 용서하는 것'이었어……."

그렇게 중얼거린 순간, 눈에서 눈물이 흘러내렸다. 슬픈 것은 아닌데, 그때까지 나를 꽉 누르고 있던 무언가가 풀린 것처럼 눈물이 흘렀다.

계속 괴로웠다. 나를 용서하지 못하고 끝없이 자책했다.

그런 내가 누군가에게 인정받을 리 없다. 나부터 '너 같은 걸 누가 받아주겠어?'라고 생각했으니까…….

행복해지기를 거부했다. 아빠에게 지은 죄를 갚기 위해서라도 내가 행복해서는 안 된다고 생각해왔다. 그 어디서도 나의 존재를 '인정받지 못하는' 상황, 어쩌면 그것이 나의 의도이기도 했다.

모든 게 선명해지는 것 같았다. 지금껏 괴로웠던 모든 것을 흘려보내는 것처럼 눈물이 멈추지 않는다.

"오늘 밤은 정말 기쁘단다. 너와 이렇게 얘기할 수 있어서. 14년 만의 기적이야……."

아빠가 가슴 벅차 하며 '초콜릿 블랙홀'에 숟가락을 갖다댔다. 초콜릿 구체 안에는 반짝이는 별이 들어 있었다. 아빠가 "이거 대단한데?" 하며 한 스푼 떴다. 한 입 한 입 먹을 때마다 아빠의 몸이 하얗게 빛났다.

"아빠!"

벌떡 일어났을 때, 마치 눈이 녹은 것처럼 아빠의 모습이 사라지고 반짝반짝 빛만 남았다.

4

아빠.

눈물을 닦으며 고개를 들었을 때 내가 있는 곳은 옥상 정원
이 아니었다.

나는 '아사쿠라 조소관' 문 앞에 서 있었다. 문은 닫혔고, 부
지 내에 트레일러 카페는 물론이고 일루미네이션도 없었다.

"……어?"

조금 전까지만 해도 분명 달이 떠 있었는데, 지금은 해 질
무렵의 하늘이다. 혹시 백일몽이라도 꿨나?

"제정신이 아닌가?"

눈가는 여전히 눈물로 촉촉했다. 혼란스러워하며 다시 눈
물을 닦았다.

그때 내 목에 둘린 목도리를 알아차렸다. 이 목도리를 둘러준 아빠의 미소가 생각나 가슴이 미어졌다.

시계를 보니 상점가에서 나온 지 얼마 지나지 않았다. 나는 발걸음을 돌려 다시 상점가로 돌아갔다.

"저기, 아까 주신다고 했던 케이크. 제가 다시 가져가도 될까요?"

훌쩍 돌아온 나를 보고 조합 책임자가 "오오!" 하고 기쁘게 너털웃음을 지었다.

"물론이지요. 그런데 갑자기 무슨 일이죠? 친구가 오기로 했나요?"

"아니요. 오늘 밤에는 역시 본가에 돌아가려고요."

집에는 이미 크리스마스 케이크가 있을 것이다. 그래도 또 먹을 수 있겠지. 새아빠와 엄마와 남동생과 즐겁게 크리스마스이브의 밤을 보내야지.

케이크를 들고 나오자, 날은 이미 어둑어둑해졌고, 하늘에서 뽀얀 눈이 하늘하늘 춤을 추듯이 내리고 있었다.

고마워, 아빠. 그리고 '보름달 커피점'의 여러분…….

마음속으로 속삭이면서 목도리를 어루만졌다. 이어서 번쩍 고개를 들고 서둘러 역으로 갔다.

오늘은 기적의 밤이었다.

간주곡

아사쿠라 조소관 옥상 정원에는 여전히 일루미네이션이 반짝였다.

조금 전까지 테이블에 스즈미야 고유키와 그의 아버지가 앉아 있었지만, 그들의 모습은 이제 없다. 손님이 사라진 지금, 옥상 정원은 보름달 커피점 스태프들의 파티장이다.

"여러분, 수고 많았어요. 의뢰 받은 일도 이제 다 완수했으니 축하하는 의미로 건배를 하죠. 잔을 드세요."

삼색 고양이 마스터는 동료를 대할 때도 손님을 대할 때와 똑같다. 주문을 따로 받지 않고 각자에게 어울리는 칵테일을 내왔다.

"마스터, 내가 갖다줄게요."

긴 까만 머리카락을 하나로 질끈 묶고서, 루나가 직접 서빙을 했다.

지금 여기 있는 동료는 마스터, 루나, 머큐리, 마스, 주피터, 사투르누스, 우라노스. 마지막으로 나, 비너스다. 모두가 칵테일을 든 것을 확인하고, 건배를 외치며 잔을 들었다.

"여전히 명왕성 아저씨랑 미스테리어스한 해왕성은 안 왔네."

히죽 웃으며 말한 사람은 겉은 금발, 안은 핑크 머리를 자랑하는 우라노스다. 그는 은발 미소년 머큐리와 작은 테이블에 마주 앉아 체스를 두는 중이다.

"그 둘은 이런 곳에 올 성격이 아니지."

머큐리가 체스 말을 쥐고 조용히 대꾸했다.

"뭐, 그렇지. '트랜스 새터니언trans-Saturnian'들이니까."

"그건 너도 마찬가지잖아?"

트랜스 새터니언이란 토성보다 먼 천왕성, 해왕성, 명왕성을 말한다.

토성까지는 지구에서 눈으로 볼 수 있으므로 '현재의식'을 나타내고, 눈에 보이지 않는 트랜스 새터니언 세 행성은 '잠재의식'을 나타낸다.

"나도 사실은 손에 닿지 않는, 이른바 '스타' 같은 존재지만, 물병자리 시대가 된 후로 자꾸만 일이 생기네. 이 소란이 잔잔해지면 나도 어엿한 '트랜스 새터니언'으로 또 머나먼 존 재가 되어야지."

하하하 웃는 우라노스를 보며 머큐리가 기분이 별로인 듯 얼굴을 찡그렸다.

"어이, 그런 표정 짓지 마, 형제. 지금 당장 떠나는 건 아니 니까."

"……하여간 마이웨이야."

장난기 많은 우라노스와 냉정하고 침착한 분석가인 머큐 리. 두 사람은 전혀 다른 듯하지만 또 비슷한 구석이 있어 죽 이 잘 맞는다.

사실 정확하게 따지면 그 둘이 '사람'은 아니지만, 지금은 사람의 모습으로 있으니 사람이라고 부르자.

"그보다 빨리 둬. 다음은 내가 머큐리랑 한 판 붙을 거니 까."

그들을 재촉하는 사람은 늠름한 붉은 머리 청년 마스. 칵테 일 레드아이를 한 손에 들고 도무지 진전이 없는 두 사람의 체 스 시합을 짜증스레 보고 있었다.

그는 조금 성급하지만 그만큼 행동력이 있고 아주 정직하 다. 무엇보다 씩씩하다. 그러면서도 늘 소년 같은 면이 있다.

나는 내심 그가 조금 신경 쓰인다.

"어머나, 비가 또 마스를 넋 놓고 보고 있네?"

등 뒤에서 나를 두고 놀리는 장난기 가득한 목소리에 움찔했다. 뒤를 돌아보자, 밝고 푸근한 중년 여성 주피터가 마르가리타를 손에 들고 장난스러운 눈빛으로 나를 바라보고 있었다.

"뭐야, 주피터."

뺨이 빨개져서 허둥거리는데, "어린애를 그렇게 놀리다니 그러지마"라며 위엄 있는 중년 신사 사투르누스가 주피터에게 핀잔을 줬다. 그는 카운터에 앉아 진토닉을 마시는 중이다.

"어머나, 미안하네. 그보다 비랑 새턴, 이거 알아?"

"주피터, 너까지 나를 '새턴'이라고 부르다니……."

사투르누스가 불쾌하게 얼굴을 찌푸렸으나 주피터는 "귀여워서 좋은데 뭐?" 하고 천연덕스럽게 웃으며 말을 이었다. 이 두 사람은 성질이 전혀 다른데, 각자 지닌 힘이 대단한 만큼 서로를 인정하는 사이다.

"꽃말이 있듯이 술에도 술말이 있대. 네가 마시는 '진토닉'의 술말은 '강한 의지'야. 역시 마스터, 딱 어울리는 칵테일을 골랐어."

사투르누스가 호오 하고 반응했다. 제법 기분이 좋은가 보다. 옆에서 듣던 나는 신나서 활짝 웃으며 물었다.

"그럼 주피터, 내가 마시는 '와인쿨러'의 술말은 뭐야?"

'와인쿨러'는 로제와인에 오렌지주스, 그레나딘 시럽, 화이트 퀴라소를 넣고 셰이크 한 것으로 색이 선명하고 예쁜 칵테일이다. 주피터가 후후후 웃었다.

"그 칵테일의 말은 '나를 붙잡아 줘'야."

"엑?"

"나만 너를 놀리는 게 아닌 것 같은데? 마스터는 놀리는 게 아니라 부추기는 건가?"

"뭐야……."

나는 어물거리며 마스 쪽을 힐끔 보았다. 그도 우연히 내 쪽을 봤는지, 시선이 딱 마주치고 말았다.

"윽."

우리는 얼른 고개를 돌렸다. 발개진 뺨을 들키고 싶지 않아 나는 일부러 칵테일 잔을 입에 가져댔다. 주피터가 "하여간 귀엽다니까" 하고 속삭이듯 말했고, 사투르누스는 못 말린다는 듯이 어깨를 으쓱였다.

"그래, 비. 오늘 밤은 크리스마스이브니까 이 분위기를 타고 마스랑 사이를 발전시켜봐. '와인쿨러'를 마스에게 건네는 거야. '이게 내 마음이야'라고."

"무슨 소리야."

당황해서 눈앞이 거의 핑핑 도는데, 사투르누스가 대놓고 한숨을 쉬었다.

"나는 주피터의 의견에 반대야. 분위기에 휩쓸려 그러는 건 아니라고 봐."

"어머, 뭐 어때서?"

주피터가 입술을 삐죽이며 어깨를 으쓱했다.

"크리스마스는 연인들을 위한 날이라고. 오늘 같은 날 어떻게 사랑에 빠지지 않을 수 있겠어?"

"서로에게 마음이 있다면 분위기에 휩쓸려 급하게 고백하지 말고 차근차근 관계를 발전해나가는 게 좋아."

"아니야, 사랑은 애초에 붕 들뜨는 거라고."

"아니, 하지만."

"하긴, 넌 연애결혼보다 중매결혼을 옹호하니까."

"집안에서 정해준 맞선 상대는 일단 부모가 수락한 거니까 당사자들 마음만 맞으면 그게 더 효율적인 거 아냐?"

"말도 안 돼. 낭만이 없잖아."

"중매결혼이라도 연애가 없는 건 아니야."

"그건 그렇겠지만."

이보세요, 둘 다……. 내 얼굴이 뻣뻣하게 긴장되었다.

서로를 인정한다 해도 사투르누스와 주피터, 이 둘은 애초부터 정반대 성향이다. 누구 하나 먼저 의견을 굽히는 적이 없다. 나는 화제를 바꾸려고 주피터의 손에 든 칵테일을 가리키며 물었다.

"있잖아, 주피터가 마시는 칵테일 '마르가리타' 맞지?"

"응, 맞아."

"마르가리타의 술말은 뭐야?"

"'마르가리타'의 술말은 '말 없는 사랑'이야."

주피터가 가슴에 손을 얹고 대답했다.

"수다스러운 너와 어울리지 않는 칵테일이군."

사투르누스가 불쑥 끼어들며 빈정대자 주피터가 "너무 무례한 거 아냐?"라며 입술을 삐죽였다.

"나는 언제나 수많은 사람에게 묵묵히 거대한 사랑을 주고 있다고. 마치 아까 고유키 씨의 아버지처럼 말이지."

그 말을 듣고 나는 조금 전의 손님, 고유키 씨와 그 아버지를 생각했다. 딸을 묵묵히 지켜온 아버지의 애정에 나도 감동했다. 동시에 이해가 안 가는 측면도 있었다.

"주피터, 아까 마스터가 고유키 씨한테 한 말 중에 잘 이해가 안 된 게 있었어."

"마스터의 말?"

"진정한 소원 말인데……."

나는 그때 마스터가 했던 말을 고스란히 읊었다.

"당신의 달은 물고기자리이니 지금 본인의 진정한 소원을
깨닫기 어려울지도요."

"왜 월궁 별자리가 물고기자리면 자기의 진정한 소원을 깨
닫기 어렵지?"

궁금해서 물어봤더니, 종소리처럼 아름다운 목소리가 등
뒤에서 들렸다.

"달은 미숙해서 그래."

뒤를 돌아보자 루나가 있었다. 루나는 자기 눈동자 색처럼
아름다운 보라색 칵테일, 바이올렛 피즈를 손에 들고 있었다.
칵테일 서빙을 거드느라 하나로 묶었던 머리를 풀었다. 윤기
흐르는 까만 생머리가 달빛에 반짝였다.

"루나!"

나는 아름답고 신비로우면서 어딘가 차갑고 이지적인 루나
를 동경한다. 그래서 루나가 말할 때마다 위화감을 느꼈다.

"달이 미숙하다고?"

내가 고개를 갸웃거리자, 루나가 "맞아"라고 대답하고 새

까만 긴 생머리를 귀 뒤로 넘기며 설명을 시작했다.

"달의 연령역은 태어나서부터 일곱 살까지의 기간을 가리킨다고 하잖아?"

예전에 마스터가 설명해줬던 '행성기行星期와 연령역年齡域'이 떠올랐다. 연령역의 시작은 달부터다.

"갓난아기 때부터 자아가 형성되기까지를 가리키는 '달'은 본바탕인 자신 즉, 본능에 가까운 부분이야. 동시에 아직 성장하지 못하고 다듬어지지 못한, 다시 말해서 미숙한 부분이기도 해."

나는 묵묵히 공감했다. 태어나서부터 일곱 살까지 인간은 실제로 미숙한 존재다.

"태양궁 별자리는 그 사람의 겉으로 드러나는 대표 얼굴이야. 바꿔 말하면, 자신의 간판 타이틀이라고 할 수 있으니까 대부분은 태양궁 별자리를 능숙하게 사용할 줄 알아. 같은 '양자리'로 생각해보면, 만약 '태양궁 별자리가 양자리'인 사람과 '월궁 별자리가 양자리'인 사람이 '양자리다운 능력'으로 경쟁을 한다면, 아무리 노력해도 월궁 별자리 양자리는 태양궁 별자리 양자리를 이기지 못해."

오호, 그럴 것 같다.

태양궁 별자리가 인생이라는 최전선에서 싸우는 전사라면,

월궁 별자리는 온실 속의 화초라 할 수 있다는 건가.

"그러니까 월궁 별자리는 쉽게 콤플렉스가 되기도 해. 예를 들어 월궁 별자리가 양자리인 사람은 태양궁 별자리가 양자리인 사람에게 열등감을 느낄 수 있거든."

그렇구나, 나는 이해했다.

"나에게도 분명 있는 자질인데, 태양궁 별자리 사람처럼 능숙하게 그 자질을 발휘하지 못하니까……."

"바로 그거야."

루나가 고개를 끄덕였다.

"아까 고유키 씨는 월궁 별자리가 물고기자리였지? 그러고 보니 전에 손님도 그랬다."

루나의 말을 듣다 보니 그간의 상황이 이해가 되었다.

"맞아, 그 사람. 준코 씨 월궁 별자리도 물고기자리였어."

지금으로부터 약 2주 전에 있었던 일이다.

제3장

전생의 인연과
막대 폭죽 아이스티

1

'시와스*'라니 이름 한번 잘 지었다 싶게 12월에 접어들면 거리가 어딘지 분주해진다.

동네 쇼핑몰인 '이아스 쓰쿠바'는 다가올 크리스마스를 대비해 하루하루 화려한 장식이 늘었다.

연말 학부모 면담을 마친 후 딸과 함께 집에 가는 길에 쇼핑몰의 푸드코트에 들렀다. 평일인데도 교복을 입은 학생이 많았다. 아마도 평소보다 일찍 수업이 끝났나 보다.

학창 시절의 나도 방과 후 친구들과 패스트푸드점에 들러

---

* 12월을 일본어로 시와스師走 혹은 시하스라고 하는데, 스승이 달리는 달이라는 뜻이다. 유래는 다양한데, 승려가 경을 옮기 위해 분주히 뛰어다니는 달에서 왔다는 설이 가장 유명하다.

시간 가는 줄 모르고 수다를 떨었다. 지금은 어떤가. 나는 옆에 앉은 귀여운 존재를 바라보고 있다.

초등학교 1학년인 딸 아유가 요즘 애들 사이에서 인기라며 자기도 도넛 가게에서 주는 장난감이 갖고 싶다며 졸랐다. 어린이세트를 주문하면 딸려 나오는 애니메이션 캐릭터 장난감이다. 〈유성 엔젤〉이라는 애니메이션인데, 간단히 설명하면 여아용 히어로물이다. 태양, 달, 별의 힘을 지닌 삼인조 아이돌이 악당과 싸우는 내용이다.

상품은 지팡이로 태양, 달, 별 세 종류 중에서 고를 수 있다. 내 보기에는 초승달 모양의 달 지팡이가 멋있었는데 아유는 별 지팡이를 골랐다. 지금도 그 지팡이를 손에 들고 방긋방긋 웃는다.

"아유, 그만 놀고 얼른 '토성 도넛'도 먹어야지."

아유의 등을 쓰다듬으며 말하자 "응" 하고 대답하고 도넛에 두 손을 뻗는다. 작은 손으로 도넛을 들고 자그마한 입으로 가져간다. 정말 귀엽지만, 보아하니 다 먹을 때까지 시간이 걸리겠다. 어린이세트지만 아유에게는 너무 양이 많다. 결국 내가 먹게 되겠지.

아이를 키우면서 다이어트를 하는 건 하늘의 별 따기나 마찬가지다. 어젯밤 체중계에 올라갔다가 충격을 받은 참인데……. 그래도 어쩔 수 없다고 여유롭게 받아들이는 건 내가 젊은 엄마가 아닌 탓도 있다.

아유는 우리 부부가 오랫동안 불임 치료를 받다가 포기할 참에 생긴 아이다. 그 때문에 나는 아유의 동급생 엄마들보다 띠동갑에 가까운 연상이다.

젊은 엄마들이 아이들 행동 하나하나에 안달복달하고 초조해하는 모습을 보면, 젊으니까 저럴 수밖에 없다고 고개를 끄덕이게 된다. 나도 만약 20대나 30대 초반이었다면 "빨리 먹으라니까" 하고 재촉했을 것이다. 고령 출산은 몸에는 무리가 가도 마음만큼은 젊을 때보다 여유가 있어서 육아를 유연하게 할 수 있다.

아유가 먹는 모습을 지켜보다가 무심히 가게를 둘러보았다. 여고생들이 장난감 지팡이를 들고 있어서 저절로 시선이 갔다.

"뭐야, 너는 태양이네? 나는 달."

"태양이 내 최애거든."

그런 대화가 들렸다.

보아하니 내 딸도 푹 빠져 있는 〈유성 엔젤〉이 여고생 사이에서도 인기인가 보다. 하긴, 어른이 봐도 흥미로운 내용이다. 신화 시대에 신들을 섬기던 사람들이 현대에 환생해서 벌어지는 이야기다. '전생'과 '서양 점성술'이 주요 소재이다.

그 애니메이션 시나리오는 최고의 전성기를 누리던 작가가 돌연 자취를 감췄다가 복귀해서 쓴 작품이라 들었다. 작가 나이가 내 또래거나 몇 살 연하일 것이다. 이름이 뭐였더라. 나는 스마트폰을 꺼내들고 방송 제목을 검색해보았다. 금방 '세리카와 미즈키'라는 이름이 나왔다.

"맞아. 세리카와 미즈키……."

인터넷에 세리카와 미즈키 작가와 나카야마 아카리 프로듀서의 대담이 있었다. 〈유성 엔젤〉은 이 둘이 의기투합해 만든 작품이라고 했다.

"세리카와 미즈키, 그립네."

이 작가의 드라마를 좋아해서 예전에 자주 봤다.

세리카와 미즈키는 한동안 활동이 주춤했다. 그러다 최근에 작업한 소셜게임의 시나리오가 호평을 받으면서 이번에는 아이들을 대상으로 한 방송의 각본을 맡게 되었다고 한다. 그 방송이 지금 이렇게 화제가 되었으니 화려하게 재기에 성공한 셈이다.

"엄마, 뭐 봐?"

아유에게 스마트폰 화면을 보여주었다.

"이 세리카와 미즈키라는 사람이 아유가 좋아하는 〈유성 엔젤〉의 이야기를 쓴 사람이고, 여기 나카야마 아카리라는 사람이 〈유성 엔젤〉을 방송으로 만든 사람이래."

"쓴 사람이랑 만든 사람은 달라?"

"응, 글을 쓰는 사람을 작가라고 하잖아. 그 글을 가지고 텔레비전에서 볼 수 있도록 드라마로 만든 사람을 프로듀서라고 해."

아유는 "우아" 하고 감탄하며 고개를 끄덕였다.

"둘 다 대단하다."

"그렇지, 둘 다 대단해."

같은 세대인 나에게도 세리카와 미즈키의 활약은 자랑스럽다. 동시에 대담을 읽다가 아직 독신인 것을 알고 '결혼은 안 할 생각인가? 아이는 언제 낳으려고……?' 같은 오지랖 넓은 걱정을 했다.

불현듯 그런 생각이 들자마자 호되게 나를 나무랐다.

'싫다. 아버지 같은 소리를 내가 하네.'

우리 아버지는 구시대적인 가치관을 지닌 남자였다.

"여자가 무슨 공부를 하고 바깥일을 해!"

"빨리 시집이나 가서 자식을 낳는 게 최고지."

나는 늘 그런 소리를 들었다. 준코純子라는 내 이름도 '여자는 순하고 순종적이어야 한다'는 아버지의 고리타분한 생각으로 지어진 이름이다.

아버지는 순하고 총명했던 남동생에게 기대를 걸었다. 그러나 남동생은 아버지의 과도한 간섭과 통제로 끝내 부서지고 말았다. 남동생이 고등학생이고 내가 대학에 갓 입학했던 때의 일이다. 나는 그 일을 계기로 아버지와 절연했다. 마침 기숙사에 살고 있었으니 인연을 끊는 건 쉬웠다.

본가에는 거의 발길을 끊다시피 했고, 엄마가 보고 싶을 때는 엄마에게 와달라고 했다. 본가에 가는 날은 아버지가 집에 계시지 않을 거란 걸 미리 알았을 때만이다. 그래서…… 하고 나는 힘없이 생각했다.

본가에서 키우던 반려견 린이 죽을 때 곁에 있어 주지 못했다. 린을 생각하자 코가 시큰해지고 눈시울이 뜨거워졌다. 슬픔이 너무 커서 단순히 펫 로스Pet Loss* 같은 말로 그 슬픔을 담을 수 없다.

린은 소중한 가족이었다. 시바견과 닮은 잡종인 린은 동글동글한 눈이 정말 사랑스럽고, 언제나 신난 표정으로 나를 바라보았다. 학교에서 괴로운 일이 있었거나 아버지에게 혼나 우울할 때, 말없이 곁에 있어 주었다. 지금도 린의 따스한 감

* 반려동물 상실증후군

촉을 잊지 못한다.

"이제 곧 멍멍이가 오네."

아유의 말에 나는 퍼뜩 정신을 차렸다.

"아, 응. 그러네."

며칠 전, 우리 가족은 유기견을 입양하기로 했다. 아직 집에
데려오진 못했다. 입양하려면 이런저런 절차가 있다고 한다.

"참, 멍멍이 이름은 정했어?"

그러자 아유가 으응 하고 끙끙댔다.

"많이 생각했는데 못 정하겠어."

"어떤 이름을 생각했어?"

"제니퍼랑 재스민이랑."

"……공주님 같네."

"응. 그래도 이름이 길면 멍멍이가 싫어할지도 몰라……."

"그러네."

나는 맞장구를 쳤다.

"엄마가 예전에 키운 멍멍이는 이름이 뭐였어?"

내가 린이 생각을 하고 있었다는 걸 들키기라도 한 것처럼
아유의 질문에 또 움찔했다. 아유에게는 이렇게 나를 놀라게
하는 신비로운 면이 있다.

"……린이라는 이름이었어."

"엄마가 지었어?"

"맞아."

"왜 린이라고 했어?"

아유가 그것까지 물을지 몰라서 잠깐 머뭇거렸다.

"왜 그랬을까?"

"린은 방울의 린*이야?"

"아니, 방울은 아니었어……."

그러고 보니 왜 린이라고 이름을 지었더라? 팔짱을 끼고 그때 기억을 더듬었다.

어린 시절의 내 모습이 떠올랐다. 마법과 점성술을 아주 좋아하던 여자아이였다. 그렇지, 나는 초등학생 때 환생을 소재로 한 만화에 푹 빠져 있었다. 특히 다시 태어난 주인공이 전생의 인연들과 재회하면서 벌어지는 사건들을 담은 휴먼드라마를 좋아했다.

강아지가 집에 오는 게 정말 기뻤다. 하지만 반려동물을 키우는 걸 결사반대했던 아버지는 하필이면 강아지가 집에 온 날, 심한 말을 내뱉었다.

"개 수명이 짧다는 건 분명히 알아둬. 금방 죽어버리면 슬

---

* 한자 방울 령鈴을 일본어로는 '린'이나 '레이'라고 읽는다.

픈 건 너니까."

한껏 좋아하는 딸의 면전에 대고 한다는 소리가 늘 그런 식이었다. 인정이라곤 없는 아버지의 말이 너무 슬프다 못해 분노가 치밀었다. 그래서 "괜찮아. 이 아이는 다음 생에서도 나랑 함께니까"라고, 나는 아버지에게 들리지 않을 작은 목소리로 대꾸했다.

그런 일을 겪고 나는 강아지에게 '린'이라는 이름을 지어주었다. 윤회에서 따온 린*이다.

아버지가 했던 말은 숨기고 아유에게 린 이름의 유래를 알려주자 아유가 '와아' 하고 눈을 반짝였다.

"그럼 이번에 오는 멍멍이도 '린'이라고 해도 돼?"

"어? 응, 괜찮아."

"린이라고 할래!"

'와아' 기뻐하는 아유를 바라보며 조금 묘한 기분을 느꼈다.

어릴 적 나는 환생해서 다시 만나자는 바람을 담아 반려견에게 '린'이라는 이름을 지어주었다. 그로부터 30년도 넘는 시간이 흘러 나도 한 아이의 부모가 되었고, 우리 집에 새로 오게 된 유기견의 이름이 다시 '린'이 되다니. 그러고 보니 우리

---

* 윤회輪廻의 일본어 발음은 '린네'다.

집에 올 아이도 린과 같은 시바견처럼 생긴 잡종이다.

혹시 정말로 린이 환생했다거나⋯⋯. 그런 로맨틱한 생각에 젖어들려는 찰나에, 스마트폰 메시지 도착음이 울렸다. 남편인가 싶었는데, 어쩐 일인지 남동생이 보내온 문자였다.

아버지의 폭압에 결국은 폭발하고 말았던 고등학생 동생도 벌써 마흔이 넘었다. 어엿한 중년이다. 엄마의 설득으로 동생이 아버지에게 마지못해 용서를 빌긴 했지만, 화해는 못했다. 평생 불가능하겠지. 동생은 아버지를 증오하고, 아버지는 동생을 용서하지 못한다.

동생은 자라오는 내내 아버지의 사랑을 독차지했다. 어린 마음에 나는 아버지에게 늘 칭찬받는 동생이 부러웠지만, 동생이 꾹꾹 참고 있다는 것도 알았다.

아버지가 언성을 높이며 화를 낼 때마다 동생은 남몰래 어금니를 악물고 주먹을 움켜줬다. 언젠가 동생이 저 주먹으로 아버지에게 반기를 들지도 모른다는 생각에 나는 늘 조마조마했다. 그러다가 결국 동생은 폭발했다. 동생이 떨어뜨린 폭탄의 위력은 어마했다.

그날 이후로 우리 가족은 단절되었다. 동생은 집을 떠나 외할머니댁에서 살았다. 엘리트 코스를 밟을 거라고 믿어 의심치 않았던 동생은 지금 미용업계에서 일한다.

일가족이 뿔뿔이 흩어진 계기는 동생이었지만, 나 역시 아버지에 대한 미움과 불만이 폭발 직전이었기에 동생의 마음을 충분히 이해했고, 동생을 눈곱만치도 원망하지 않았다. 하지만 동생은 나와 엄마에게 죄책감 같은 게 있는지, 행여 자기 때문에 피해라도 생길까 봐 우리와는 거리를 두고 산다.

그런 동생이 내게 연락하다니 드문 일이다. 무슨 일이라도 생겼나? 덜컥 걱정부터 들어 메시지를 확인했다.

「누나, 오랜만이야. 나 결혼해.」

생각지도 못한 결혼 소식에 놀라 "에엥?" 하고 비명을 질렀다.

"엄마, 왜 그래?"

아유가 나를 바라보며 고개를 갸웃거렸다.

아유의 등에 손을 대고 아무 일도 아니라 말하며 나는 턱을 괬다.

동생이 결혼한다니, 믿기지가 않는다. 연인이 있어도 그냥 동거만 할 줄 알았는데. 아버지가 알면 또 한바탕 소동이 일겠지. 작게 한숨이 나왔다.

"엄마, 다 먹었어."

어느새 아유가 도넛을 다 먹고 해냈다는 표정으로 나를 바라보았다.

"그럼 이제 갈까?"

"응, 나가자."

쟁반을 정리하며 일어날 채비를 했다.

"참, 나 얼마 전에 저기 점 보는 코너에서 '전생 점'을 봤어. 되게 예쁜 점술사가 있었어."

우연히 여고생의 말이 귀에 날아와 확 꽂혔다. 원래 전생 이야기를 좋아하는 사람이라 몸이 먼저 반응했다. 하지만 어렸을 때나 열중했지 지금은 그냥 재미로 여길 뿐이다.

'그렇지, 여기 쇼핑몰에 점 보는 코너가 있었지' 하고 생각하며 나는 별생각 없이 여고생들의 대화를 들었다. 여고생 한 명이 "어땠어, 어땠어?" 하고 적극적으로 물었다.

"혹시 프랑스 혁명 시대의 귀족 아가씨였대?"

"이집트 왕실이거나?"

그렇게 캐묻는 여고생들을 곁눈질하며 무심코 웃었다. 나도 학창 시절에 점술 잡지의 '전생 점'을 보고 내가 유럽의 공주님이나 아랍의 왕이었다며 기뻐했다. 모두가 다 왕족이고 귀족일 리가 없는데.

점술사는 분명 학생들에게 질문을 퍼붓고 그들의 대답에서 정보를 얻었으리라. 심리적인 유도 질문. 이 과정을 '콜드 리딩'이라고 한다. 고객이 어떤 전생을 원하는지 짐작해 그 기대에 맞춰서 답을 말해준다. 전생은 확인할 방법이 없으니 맞고 말고도 없다. 아이들을 상대로 한 장삿속이겠거니 싶어 무시하려고 했는데, 이어진 여고생의 이야기는 생각과 달랐다.

"그런 게 아니라 '전생에서 가지고 온 것'을 알려줬어. 그것도 돈도 안 받고."

"으잉? 그게 뭐야?"

나도 마찬가지로 '그게 뭐지?'라고 생각하며 쟁반을 반납하고, 아유와 함께 푸드코트를 나섰다.

몇 발짝 걷다 보니 상가 통로 끝에 '점'이라는 간판이 보였다. '손금', '이름 운세', '서양 점성술' 등 자주 접하는 점들 사이에 '전생력 점'이라는 익숙하지 않은 간판이 보였다.

"엄마, 저기 도쿄 공주님이 있어."

아유의 뜬금없는 말에 나는 눈을 깜박였다. 아유가 저기라며 점 코너를 가리켰다. 손가락으로 가리키면 안 된다고 아유를 타이르는데, 점 코너가 내 눈에도 띄었다.

외국인 여성이 앉아 있었다. 저런 색을 플래티나 블론드라고 하나? 맑고 투명한 금발에 백색 도자기만치로 하얀 피부. 마치 중세 성화에서 갓 나온 듯한 단아한 외모가 배우 같기도 했다. 어디서 본 것 같은데… 정말로 연예인일지도 모른다.

"정말 공주님 같네."

"같은 게 아니라 진짜로 도쿄 공주님이야."

"도쿄 공주님이라니?"

"사토미 고모랑 간 성에 있었어."

에비스 가든 플레이스의 샤토 레스토랑 이야기일 것이다.

"저 공주님, 멍멍이랑 만난 공원에도 있었어."

아하, 나는 손뼉을 쳤다.

"그러네, 연주하던 사람이야. 혹시 사토미 고모처럼 이벤트 회사 사람인가?"

"이벤트 회사?"

그런 대화를 나누는데, 우리 목소리가 들렸는지 그 여성이 고개를 들더니 생긋 웃고 우리에게 손짓했다. 아유는 기쁜 표정을 짓고 여성에게 달려갔다.

"안녕하세요."

환하게 인사하는 아유에게 여성이 다정하게 웃어보였다.

"안녕, 꼬마 아가씨. 또 만났네요. 자, 앉아요."

"응."

망설임 없이 의자에 앉는 아유 때문에 적잖이 당황스러웠다.

"혹시 괜찮다면 점을 보고 가시겠어요?"

여성이 나를 바라보며 부드러운 목소리로 말을 건넸다. 내가 머뭇거리는 걸 알아차렸는지, 이렇게도 말했다.

"저는 돈을 받지 않아요."

"그래요?" 하고 말하며 자리에 앉긴 했지만, 완전히 믿지는 못하겠다.

"저기, '전생 점'이란 건……."

경계심을 드러내며 내가 말문을 열자, 여성이 "아니에요" 하고 고개를 저으며 말을 끊었다.

"'전생 점'이 아니라 '전생력 점'이에요."

"……전생력?"

의아해하는 나를 보고 여성이 후후 웃었다.

"점성술이에요. 사람은 누구나 전생에서 물려받은 힘이 있는데, 그게 뭔지 보는 거죠."

"아유의 전생력은 뭐야?"

아유가 순진무구하게 묻자, 여성이 "잠깐 기다려주세요" 하고 회중시계를 꺼냈다.

그것을 아유 이마에 대고 뚜껑을 열자 호로스코프 홀로그램이 떠올랐다.

2014.12.20. 10:30:36

아유의 생년월일이 나타났다.

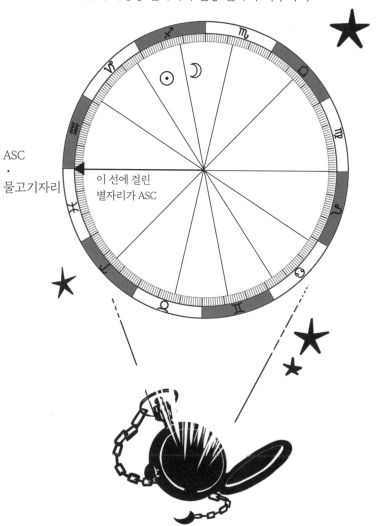

아유의 태양궁 별자리와 월궁 별자리·사수자리

ASC
·
물고기자리

이 선에 걸린
별자리가 ASC

"타고난 자질이나 재능, 능력은 전생에서 물려받은 거예요. 그걸 어떻게 보느냐면, 여기 원 왼쪽 끝의 'ASC(Ascendant, 어센던트, 상승궁이나 상승점이라고도 한다)'예요. 제1하우스의 시작점, 즉 제12하우스와 제1하우스를 나누는 선이죠. 아유의 태양궁 별자리는 사수자리, 월궁 별자리 또한 사수자리. 그리고 ASC는 물고기자리네요. 이 ASC가 전생에서 물려받은 힘이죠."

"그게 물고기자리면 어떻다는 거죠?"

이해가 잘 되지 않아 표정은 심각한데도 원래 이런 이야기를 좋아하다 보니 어느새 빠져들고 있었다.

"아유는 천성적으로 '물고기자리의 힘'을 타고난 거죠."

"물고기자리의 힘……?"

"상상력이 풍부하고 관용적이며 다른 사람을 편하게 해주는 데다 직감이 뛰어나요. 물고기자리의 성질이 그렇다 보니 그게 곧 물고기자리의 힘이에요."

딱 들어맞네. 나는 꿀꺽 침을 삼켰다.

"그건 아유가 전생에서 키운 자질이에요. 그러니까 이번 생에서는 어려움 없이 자연스레 발휘되는, 다시 말해 타고난 재능이죠."

나도 모르게 감탄 어린 한숨을 내쉬었다. 여성이 나를 바라보며 "혹시 괜찮으시다면" 하고 회중시계를 쥐었다.

"어머니도 봐 드릴까요?"

"아, 네. 부탁드릴게요."

나는 반사적으로 자세를 바로 고쳐 앉았다. 회중시계를 이마에 대자, 미간에서부터 이마까지 서서히 열기가 느껴졌다. 아유 때와 마찬가지로 호로스코프 홀로그램이 떠올랐다.

"어머니의 태양궁 별자리는 쌍둥이자리, 월궁 별자리는 물고기자리……."

아유의 설명을 들으며 물고기자리가 멋지다고 생각했는데, 내 월궁 별자리도 물고기자리라 하니 기뻤다. 뭐, 사실 정확히 뭔지는 잘 모르겠지만…….

"그리고 어머니의 전생력, ASC는 처녀자리네요."

"……처녀자리."

처녀자리에 대해서는 아는 게 별로 없다. 꿈 많은 소녀 같은 이미지일까?

"처녀자리는 '정의와 공정의 신'이에요. 날카로운 관찰력과 냉철한 분석력을 갖췄으며, 앞에 나서기보다 뒤에서 조용히 노력하며 다른 이들을 아낌없이 지원해주는 스타일이죠."

과분한 칭찬이라 얼굴이 화끈거렸다. 그래도 뒤에서 노력하면서 다른 사람을 지원한다는 점은 짚이는 바가 있다.

"한편 아주 섬세하고 상처를 잘 받는 면도 있어요."

이 역시 잘 들어맞는다. 내가 말없이 생각에 잠기자, 여성이 조금 불안한 표정으로 나를 살폈다.

"왜 그러세요?"

"……대단해서요."

"네. 점성술은 대단해요."

여성이 가슴을 당당하게 피는가 싶더니 금세 어깨를 움츠렸다.

"하지만 저는 아직 배우는 중이어서 한참 멀었어요. 그래서 이렇게 많은 분의 출생 천궁도를 살펴보면서 공부하는 중이에요."

그래서 무료로 해주는구나.

"참고로 ASC는 타고난 재능 이외에도 첫인상 같은 외적인 면모와도 깊은 관련이 있어요. 그런 ASC의 특징을 '전생력'으로 해석한 사람이 제 별점술 스승님이죠."

여성이 회중시계를 손바닥으로 소중히 감싸며 말했다.

"전생력을 알면 뭐 좋은 게 있나요?"

무심코 던진 질문에 여성이 눈을 반짝 빛냈다.

"물론 있죠. 운을 여는 건 '나를 아는 것'에서 시작하니까요."

무슨 말인지 알 듯 모를 듯 알쏭달쏭하기만 했다.

"게임으로 예를 들어볼까요? 인생은 RPG*예요. ASC는 게임 시작 전에 나에게 주어진 무기이죠. 그 무기는 미션을 수행하지 않아도 바로 사용할 수 있어요. 주인공인 나는 그 무기를 갖고 모험에 나서는 거죠."

여성의 설명을 듣자 머릿속에 RPG 게임 화면과 음악이 떠올랐다.

"그런데 만약 나에게 어떤 무기가 있는지 모르면 굉장히 고생하겠죠?"

"고생하겠네요."

나도 모르게 진지하게 대답하자 여성이 "그렇죠" 하고 웃었다.

"알면 좀 편하게 모험을 즐길 수도 있겠죠."

"그게 ASC인 거군요?"

"네, 맞아요."

여성이 고개를 끄덕이고 설명을 이어갔다.

"다만 한동안은 처음 갖고 있는 무기로 싸우더라도 성장하다 보면 사정이 달라지죠. 점점 더 상위 레벨로 올라갈수록 상대도 강해지니까 지금까지 쓰던 무기로는 통하지 않아요.

---

* Role-Playing Game, 역할연기게임

갖고 있는 무기를 더 강하게 만들거나 혹은 새로운 무기를 손에 넣어야 해요."

이해하기 쉬운 예시여서 나는 "아하" 하며 열심히 호응했다.

"그러니까 저는 타고난 처녀자리의 힘을 단련하거나 강화해야 한다는 거네요."

확인하듯 되묻자 여성이 그렇다고 대답했다.

"그런데 꼭 그렇다고 확답하기 어려운 상황도 있어요. 물론 전생력을 단련하는 건 좋은 일이지만, 가끔 전생력에 얽매여서 꼼짝하지 못하는 사람도 있거든요."

"그게 무슨 의미예요?"

"예를 들어 ASC가 염소자리 사람이 있다고 해볼까요? 염소자리는 경우가 바르고 성실하며 부지런한 자질이죠. 이 사람은 전생에서 염소자리답게 열심히 살았기 때문에 '다음 생에서는 꿈과 낭만이 있는 삶을 살고 싶어!'라고 생각하면서 환생했어요. 물고기자리 같은 삶이죠. 그런데 '그렇게 현실감 없이 꿈만 꾸면서 살면 안 돼!' 하고 전생에서 물려받은 염소자리다운 사고방식에 얽매여서 좀처럼 원하는 삶을 살지 못하니까 내적으로 갈등하게 되는 경우도 있어요."

그런 갈등이라면 나도 알 것 같다.

"ASC는 어디까지나 타고난 무기일 뿐 이번 생의 주제는 아니니까요."

정말 흔하게 있을 법한 일이다 싶어 나는 가만히 고개를 끄덕였다. 문득 동생이 생각났다. 어쩌면 동생은 계속 ASC에 끌려다니며 이번 생의 욕망을 억압했는지도 모른다.

"혹시 지금 말한 ASC 염소자리 같은 상황이라면 어떻게 하는 게 좋을까요?"

"그럴 때 중요한 게 '나를 아는 것'이에요. 내가 이번 생에 어떻게 살고 싶은지 나 자신에게 차분하게 물어보는 거죠. 말하자면 나와 하는 회의예요."

"나와 하는 회의……."

저절로 미소가 나왔다.

"나와 하는 회의의 결과, 나의 바람이 '이번 생은 바다를 헤엄치는 물고기처럼 살고 싶어'라면, '난 내 바람대로 살 거야. 하지만 모처럼 타고난 염소자리 능력을 대인관계에 활용해보자' 같은 식으로 삶의 방식을 정하는 거죠."

"그렇구나. 무슨 일이 있어도 무조건 '처녀자리의 힘을 단련해야 한다' 이건 아니네요."

"네, 맞아요."

"만약 나와 하는 회이 결과가 틀리면 어떡해요?"

그러자 여성이 어리둥절한 표정으로 눈을 깜박였다.

"틀리는 일은 없어요."

"네?"

"사람은 자기만의 우주를 갖고 있어요."

갑자기 종교적인 이야기인가 싶어 경계하는 티를 보이자 여성이 서운한 듯 입술을 삐죽였다.

"하지만 그렇잖아요. 이 자리에 이렇게 세 사람이 있어도 누구 하나 똑같은 경치를 바라보지 않아요. 당신이 보는 경치는 당신만의 것이에요. 당신에게만 펼쳐진 우주죠."

듣고 보니 맞는 말이다.

"별들은 당신이라는 우주에서 당신이 결정하고 행하는 일을 응원하고 힘을 보태줘요. 고생하고 멀리 돌아가더라도 그게 다 정답이에요."

"그럼 고생도 하기 싫고 멀리 돌아가기도 싫으면······?"

기어가는 목소리로 질문을 던지자 여성이 후후 웃었다.

"그렇다면 고생도 안 하고 멀리 돌아가지 않겠다고 정하면 되죠. 별은 길을 비춰주지만, 방향을 정하는 건 어디까지나 나 자신이에요."

나는 어깨에서 힘이 빠지는 기분을 느꼈다.

"그렇군요······. 점성술은 재미있네요. 흥미로워요."

내 말에 여성이 "그렇게 말씀해주셔서 기뻐요"라고 대답하며 정말 기쁜 듯이 웃었다.

'전생력 점'을 본 나와 아유는 여성에게 고맙다고 인사하고 밖으로 나왔다. 상상했던 전생 점과는 전혀 달랐지만 만족스러웠다. 보기를 잘했다. 정말 도움이 되는 이야기를 들어서 조금이라도 복비를 내고 싶었지만, 여성은 웃으며 거절했다.

쇼핑몰에서 나와 주차장에 세워둔 차에 탔는데, 기다리기라도 한 것처럼 스마트폰이 부르르 울렸다. 화면을 확인하자 이번에는 엄마의 전화였다. 분명 동생의 결혼 소식을 듣고 놀라서 내게 전화했겠지.

"네, 여보세요?"

「여보세요, 준코?」

엄마의 목소리가 아주 심각했다. 또 가족이 풍비박산이 날까 봐 걱정하나 보다.

"엄마⋯⋯."

무슨 일일까 걱정하며 입을 여는데, 뜻밖의 말이 돌아왔다.

「오늘 아침에 아버지가 쓰러지셨다. 지금 병원에 있어.」

2

엄마의 연락을 받고 나는 아유와 함께 본가가 있는 가마쿠라로 갔다. 남편은 일을 쉬지 못하고, 나는 운전에 그다지 자신이 없다. 그래서 쓰쿠바역에서 기타센주, 시나가와, 그리고 후지사와로 전철을 갈아타서 갔다.

본가까지 약 2시간 반이 걸리는 장거리 여정이다. 어린 아유는 남편 본가에 맡기려고 했는데, 아유가 꼭 따라가겠다고 해서 어쩔 수 없이 데리고 갔다. 아유는 원래 말을 잘 듣는다. 아유가 이렇게 고집을 부리는 건 처음 있는 일이다. 감이 좋은 아이니까 어쩌면 아버지가 오래 살지 못한다고 느꼈을지도 모른다.

"가마쿠라 할머니 집에 가는 거 처음이다."

아유가 창밖을 바라보며 즐겁게 눈을 반짝였다.

"아유가 아기였을 때 간 적 있어."

아버지를 안 보고 살아왔지만, 그래도 집에 아버지가 없을 때는 들르곤 했다. 그때는 남편이 운전해서 갔다. 이렇게 전철을 타고 가는 건 결혼 후로는 처음있는 일이다.

"그랬어? 그럼 가마쿠라 할아버지랑 만나는 건?"

그 말에 나는 가슴이 따끔따끔 아팠다.

아유는 지금까지 단 한 번도 우리 아버지, 아유의 할아버지를 본 적이 없다. 이유가 어떻든 간에 나는 아유에게서 할아버지를 빼앗았다. 너무 미안해서 무의식중에 주먹을 옴켜쥐었다.

아유는 자기가 한 질문을 잊었는지 즐거운 표정으로 창밖을 구경했다.

미안해. 마음속으로 속삭였다.

아유를 생각해서라도 아버지와 만나게 하는 게 좋았을까? 아니, 애초에 불가능한 일이었다. 지금까지 이런 생각을 한 번도 해본 적 없었으니까…….

가족이 부서진 그날을 아주 선명하게 기억한다. 그런데 머릿속에 떠오르는 광경은 세피아 색으로 바랬다. 참 신기한 감각이다.

대학에 진학하고 한 달 후, 아직 기숙사 생활에도 적응하기 전이었다.

그날, 나는 엄마의 호출로 본가에 들렀다. 타지 생활에서 부족하고, 불편한 건 없는지 엄마의 걱정이 이만저만 아니었다. 그래서 아버지의 차를 타고 대형 쇼핑몰에 이런저런 세간들을 사러 갔다.

엄마의 청으로 어찌 차를 끌고 나서긴 했지만 아버지는 내내 기분이 나빴고, "쇼핑이라니 귀찮아 죽겠네. 빨리 사 갖고 와. 나는 차에서 기다릴 테니까"라면서 주차장에 남았다.

엄마와 나는 여기저기 둘러보며 이것저것 주워 담았고, 그러느라 생각보다 시간이 오래 걸렸다.

차에서 계속 기다렸던 아버지가 "왜 이렇게 늦었어!", "이러니까 여자들은!" 하고 버럭 화를 내는 통에 집으로 향하는 차 안 공기는 냉랭할 수밖에 없었다. 나는 뒷좌석에서 주먹을 꽉 움켜쥐고 주문처럼 같은 생각만 반복했다.

'이게 마지막이야. 아버지랑 같이 있는 건 오늘이 마지막. 지긋지긋해. 더는 참을 수가 없어. 기숙사에서 나와도 집으로는 돌아오지 않을 거야. 집에는 아버지가 없을 때만 오자. 다시는 보기도 싫어.'

그렇게 우리는 집에 돌아왔다. 인생에는 '최악의 타이밍'이 있다. 엄마는 아마도 이 어색하고 답답한 분위기를 띄우고 싶었을 것이다. "그렇지, 오늘은 주차장에서 바비큐를 하면 어때?"라고 제안했다. 그래서 아버지는 차를 집 주차장이 아니라 동네 주차장에 세웠다.

만약 그날, 평소처럼 집 주차장에 차를 세웠다면, 집에 있던 동생은 차 소리에 우리가 돌아온 줄 알아차렸을 것이다. 차를 타고 나간 우리가 걸어서 집으로 오리라고는 꿈에도 생각지 않았겠지.

집에 돌아와 보니, 동생은 거실과 이어지는 다다미방에 혼자 있었다. 동생은 내 하얀 원피스를 입고 전신 거울 앞에 서 있었다.

우리는 동생의 모습에 경악했다. 동생 역시 마찬가지였다. 갑자기 돌아온 우리를 보고 눈을 휘둥그렇게 뜨고 그대로 굳어버렸다. 아버지는 동생을 보자마자 뭐라 말도 없이 냅다 후려쳤다. 둔탁한 소리와 함께 동생이 바닥에 쓰러졌다.

뚝뚝, 동생의 코에서 피가 흘러 내 하얀 원피스와 다다미에 붉은 얼룩을 남겼다.

"니 변태나?"

아버지가 목을 짜내듯이 외치며 남동생의 멱살을 쥐고 흔들었다. 바로 그 순간, 동생이 입을 꾹 다물고 아버지의 몸을 있는 힘껏 떠밀었다. 아버지는 너무 쉽게 바닥에 나동그라졌고, 그 모습에 나와 엄마는 또 소스라쳤다.

아버지는 우리에게 절대적으로 강한 존재였다. 그런데 어느새 동생은 아버지를 간단히 쓰러뜨릴 정도로 힘이 세졌다. 처음 본 아들의 반항에 아버지는 넋이 나간 표정으로 바닥에 널브러졌다. 동생은 퉁퉁 부은 얼굴로, 눈물 가득한 눈으로 외쳤다.

"그래요, 아버지가 생각하시는 거 맞습니다. 나는 평생 이랬어!"

그때를 회상하며 이마에 손을 댔다. 그 후, 정말 난리가 났다.

아버지는 동생에게 당장 나가라고 외쳤다. 이번에는 내가 아버지에게 외쳤다.

"아버지, 너무해요! 왜 그렇게 심한 소리를 해요? 아버지가 끔찍하게 싫어. 나도 지로도 더는 못 참아!"

그런 소리에 기가 꺾일 아버지가 아니다. 귀신 같은 얼굴로 날 보더니 "그렇다면 너도 나가라! 다시는 이 집에 발 들일 생각도 하지 말고, 학비 생활비 네가 다 알아서 해. 학교 때려치고 어디 나가서 혼자 벌어 먹고 살아 봐!"라고 말했다.

대학을 관두라는 말에 순간, 숨이 턱 막혔다.

아버지는 늘 이랬다. 이런 식으로 상대의 약점을 파고들어 자기 앞에 굴복시키려 한다. 그러나 틀린 말은 아니다. 나는 부모의 능력에 의존해 대학에 들어갔다.

아르바이트해서 학비를 벌 순 있겠지만, 아버지가 대준 입학금을 당장 돌려줄 수는 없다.

"알았어, 그렇게 할게요! 학교 관두고 돈 벌면 될 거 아니야!"

아버지의 폭언에 나도 열받아서 받아쳤다. 결과적으로 엄마가 중간에서 빌고 달래서 내가 학비 일부를 부담하는 선에서 아버지와의 전쟁을 마무리했지만…….

그로부터 몇 년이 흘렀지? 줄곧 아버지와 만나지 않은 탓에 시간이 멈춘 것 같다. 지금도 그날을 떠올리면 분노가 치밀어오른다. 이미 아버지와 인연은 끊었다. 앞으로 내 인생에 아버지는 없다고 생각했다. 이 마음이 평생 변하지 않으리라 믿었다.

그런데 이대로 아버지가 돌아가실지도 모른다고 생각하자 마음이 복잡해진다.

3

쓰쿠바역을 출발한 지 2시간하고 조금 더 지났다. 후지사와역에 도착해 에노덴으로 갈아타 15분쯤 달려 본가 근처의 '가마쿠라 고교 앞'역에 도착했다.

"여기도 참 오랜만이네."

특별한 것 없는 편측 플랫폼*의 작은 무인역이다. 그래도 이 역에서 보는 경치는 대단히 좋다.

바로 앞에 바다가 파노라마처럼 펼쳐진다. 이곳 전망이 멋있기로 유명해지다 보니 '간토 지역의 아름다운 역 100선'에도 뽑힌 가마쿠라의 명소 중 하나다. 고등학생 때까지 이곳에

---

* 선로 하나에 플랫폼 하나만 설치한 형식.

서 나고 자란 나에게는 익숙한 풍경이다. 물론 내 눈에도 이곳 풍경이 장관이긴 해도 이런 작은 역을 보려고 멀리서 일부러 찾아오는 사람들을 이해할 수 없었다.

나는 이제야 그 사람들의 마음을 이해할 수 있을 것 같다. 오랜만에 이곳에서 내 눈으로 직접 바라보는 바다. 그 아름다움과 거대함에 압도되어 가슴이 벅찼다.

해안선을 에워싸며 작은 전철이 달린다. 이런 멋진 풍경이 지금도 이 세상에 남아 있다니……. 마치 기적 같다.

아유도 감격했는지 두 팔을 활짝 벌렸다.

"우아! 전부 바다야!"

무작정 신나했던 아유도 전철 안에서 장시간을 보냈던 게 힘들었는지 나중에는 꾸벅꾸벅 조느라 바빴다. 그래도 눈앞에 바다가 보이자 졸음도 달아났는지 눈에 생기가 넘친다. 좋아하는 아유를 보자 나도 기뻤다. 그동안 몰랐는데, 여기서 바라보는 경치를 내가 참 좋아했던 것 같다. 갑자기 붉어지는 눈시울을 감추려고, 나는 아유의 손을 잡고 걸었다.

"자, 갈까?"

"응!"

아유가 통통 튀는 발걸음으로 걸었다. 역 뒤편에 보이는 것을 가리키며 아유가 의아해하며 물었다.

"뒤에 무덤이 있어?"

"맞아, 이 역 뒤편은 무덤이야."

"여기 무덤에 있는 사람들은 항상 바다를 보니까 좋겠다."

"그러네" 하고 대답하며 나는 스마트폰으로 엄마에게 문자를 보냈다.

「역에 도착했어요. 병원으로 갈까?」

그러자 엄마에게서 금방 답이 왔다.

「아버지 검사할 게 많아서 나도 오늘은 집에 갈 거다. 그러니까 너희도 집으로 오렴.」

알았다고 답을 보내고 스마트폰을 가방에 넣었다. 아버지를 대면할 마음의 준비가 좀 더 필요했는데, 집으로 바로 오라는 엄마의 말에 다행이다 싶었다.

"아유, 모처럼 왔으니까 바닷가를 걸어볼까?"

"응."

역에서 나와 계단을 내려갔다. 파도 소리가 평온하게 울린다.

12월의 바닷가에는 사람이 없다. 오늘은 날이 맑아서 새파란 하늘과 바다가 마치 맞닿은 듯 보였다. 바닷물이 햇빛에 반짝반짝 빛났다.

아유가 내 손을 놓고 꺅꺅 비명을 지르며 뛰어갔다. 넘어지지 않게 조심하라고 말하려다가 입을 다물었다. 부드러운 모래사장이다. 넘어져도 다치지 않는다. 아유가 느끼는 그대로 즐겁게 놀면 좋겠다. 차디찬 바닷바람에서도, 반짝이는 바닷물에서도, 또한 이곳에서만 느낄 수 있는 에너지가 넘친다.

아유가 환한 얼굴로 내게 와 순진하게 물었다.

"엄마, 어렸을 때 바다에서 놀았어?"

그렇다고 대답하며 나는 수평선을 바라보았다.

"자주 놀았지."

학창 시절에는 친구, 더 어렸을 때는 남동생과 린과 함께 바닷가에서 많이 뛰어 놀았다. 여기 오면 린은 지금 아유처럼 신나게 뛰어다녔다.

바다의 모습은 한결 같다고 생각하기 쉬운데 사실은 그렇지 않다. 사계절과 함께 하늘과 구름의 모습이 달라지고, 바다도 매번 다른 얼굴을 한다. 봄 바다는 차분하고, 여름 바다는 즐거우며, 가을 바다는 사려 깊고, 겨울 바다는 혹독하면서도 모든 걸 포용해주는 것 같다.

"그러고 보니 여름에는 불꽃놀이도 했어."

"여기에서 불꽃놀이 해도 돼?"

아유가 걱정스럽게 물었다. 지금 우리가 사는 동네에서는 불꽃놀이를 아무 데서나 할 수 없다. 이유를 보며 나는 웃었다.

"지금은 어떨지 모르겠는데 엄마가 어렸을 때는 정리만 제대로 하면 괜찮았어."

나는 대답하며 그때를 회상했다. 이곳에서 남동생과 둘이서 불꽃놀이를 했다. 린은 불꽃놀이를 할 때면 무서워서 언제나 내 조금 뒤에 앉아 있었다. 우리는 손에 들고 즐기는 다양한 불꽃놀이 폭죽을 가지고 놀았으나, 마지막에는 늘 막대 폭죽을 들었다. 막대 폭죽만큼은 린도 두려워하지 않고 곁에 다가와 구경했다.

"그립네……."

"엄마, 저 섬은 뭐야?"

아유가 해안선에 삐죽 나온 섬을 가리켰다.

"저건 에노시마라는 섬이야."

저 섬도 그립다. 자주 린을 데리고 산책하러 갔다. 섬에는 고양이가 많이 살았다. 착한 린은 고양이와도 사이가 좋았다. 아유를 에노시마에 데려 가고 싶지만, 지금은 그럴 때가 아니다.

"이제 할머니 집으로 갈까?"

손을 내밀자, 아유가 순순히 고개를 끄덕이고 내 손을 잡았다. 우리는 바다를 뒤로 하고 계단을 올라 걸었다. 등 뒤로 여전히 파도 소리가 들렸다.

4

바다를 등지고 주택가를 쭉 걸어가면 본가가 나온다. '하세가와'라는 문패가 달렸다. 하세가와는 나의 결혼 전 성이다.

손바닥만 한 마당에, 차 한 대가 간신히 들어가는 주차장이 있다. 예전에는 늘 하얀 세단이 있었는데 아버지도 면허를 반납했는지 이제 차는 없다. 대신 전동자전거 두 대와 엄마가 집에서 식물들을 키우는지 화분이 여러 개 놓여 있었다.

"여기가 할머니 집이야?"

그렇다고 대답하며 초인종을 눌렀다. 그러나 대답이 없다.

"할머니는 아직 병원에서 안 오셨나 봐."

"집에 못 들어가?"

"아니, 엄마한테도 열쇠 있어."

아버지와 사이가 틀어진 후, 나는 집 열쇠를 엄마에게 돌려주려고 했다. 그러나 엄마가 "우리한테 무슨 일이 생길지 모르니 열쇠는 가지고 있어라"라고 해서 생각을 바꿨다.

나는 열쇠를 꺼내 문을 열었다. 현관에 들어서자 그리운 냄새가 났다. 위패를 모신 방에서 나는 은은한 향내, 아버지가 좋아하는 금목서 방향제, 엄마가 만들던 조림 냄새. 그 전부가 뒤섞인 '본가 냄새'다.

"할머니 냄새가 나."

아유가 그렇게 말하며 현관을 지나 오른쪽 문을 열었다. 거기가 거실이고 다음이 식당, 거실 안쪽에 다다미방이 있다. 거실에는 소파와 테이블, 그 맞은편 툇마루에 커다란 창이 났다. 동생이 태어나기 전까지만 해도 밖으로 나 있는 보통의 툇마루였는데, 추위를 막기 위해 공사를 해서 지금은 툇마루가 집 안으로 나 있다.

툇마루에는 큰 기둥이 있다. 나는 종종 그 기둥에 등을 기대고 앉아 책을 읽었다. 그러고 있으면 린이 다가와 엉덩이를 내 몸에 바싹 붙이고 누웠다. 린, 하고 말을 걸면 나를 돌아보고 기분 좋게 헥헥 웃었다. 그 모습이 너무 귀여워서 린을 꼭 끌어안았다. 뺨에 닿는 린의 체온과 털의 감촉. 정말 정말 좋아했다.

린도 열세 살을 넘긴 후부터 움직임이 둔해졌다. 상태가 점점 안 좋아져서, 수의사가 나이로 보아 슬슬 이별을 각오하는 게 좋겠다고 말했다.

린이 위독하다는 엄마의 연락을 받은 것은 취직한 해 연말이었다. 그래, 그때도 12월이었다.

"수의사 선생님이 오래 버티지 못할 거래. 아버지는 오늘 밤 늦는다고 했으니까 집에 와서 린이 보고 가."

저녁 무렵 엄마로부터 연락이 왔다. 회사에는 아프다고 하고 조퇴를 했다. 그러나 늦었다. 본가에 도착하자, 린은 이미 숨을 거둔 뒤였다.

도저히 믿기지 않았다. 린은 툇마루에 엎드려 눈을 감고 있었다. 평소처럼 자는 것 같았다.

"린" 하고 이름을 불렀다. 평소라면 졸음에 취한 고개를 들고 활짝 웃어줄 것이다. 그러나 린은 고개를 들지 않았다. 발을 만져보니 아직 따뜻했지만 몸이 조금 굳었다. 그전까지 내가 모르던 린의 감촉이다. 그때 비로소 린이 떠났다는 사실을 실감했다. 이제 움직이지 않는 린의 몸을 부둥켜안고 토할 듯이 소리 내 엉엉 울었다.

미안해, 미안해. 울면서 린의 몸을 쓰다듬었다. 내가 데려왔으면서 마지막까지 함께 있어 주지 못했다. 곁에 있어야 할 때, 나는 집을 떠났다.

"……."

그때를 떠올리자 숨이 막히고 눈물이 흐를 것 같았다.

그날, 나는 정신없이 운 후에도 엄마에게는 미안하다고, 장례식을 치르러 내일 또 오겠다 하고 바로 집을 나섰다. 몸과 마음이 엉망진창일 때 아버지의 얼굴을 마주하기 싫었다. 분명 아버지는 위로는커녕 "하여간 너는 책임감이라곤 찾아볼 수가 없어" 하며 뭐라 할 것이 뻔하다. 자책감에 빠진 지금, 아버지의 한마디에도 모든 게 무너질 것 같았다.

칠흑 같은 밤, '가마쿠라 고교 앞'역 플랫폼에는 나 혼자였다. 전철을 기다리는데, 차가운 겨울바람이 눈물로 젖은 뺨을 용서 없이 도려냈다. 그때의 아픔이 마치 어제 일처럼 선명하게 떠오른다.

"아, 할머니다."

그 말에 정신이 번뜩 들었다. 창 너머로 엄마 모습이 보였는지 아유가 현관으로 달려갔다.

"얘가, 집에서 뛰면 안 되지."

아유의 등에 대고 잔소리를 하며, 나는 눈에 맺힌 눈물을 훔쳤다.

"할머니."

"어머나, 와 있었구나. 어서 오렴, 아유."

현관에서 들리는 왁자지껄한 소리에 나는 미소 지었다.

"준코도 어서 오렴. 늦어서 미안하다. 뭘 좀 사서 오느라."

엄마는 무얼 그리 많이 샀는지 터질 듯한 장바구니를 양손에 들고 있었다. 엄마가 한숨을 내쉬며 식탁 위에 장바구니를 올려놓았다.

"장 볼 거 있으면 말해주죠. 내가 사오면 되는데."

"어머, 이건 아유에게 줄 선물인걸."

장바구니에는 과자와 장난감이 잔뜩 들었다. 그걸 보자 아유가 "와, '유성 엔젤'이다" 하고 반색했다.

"여기에 든 거 전부 아유 거니까 마음대로 꺼내."

엄마가 장바구니 하나를 아유에게 건넸다.

"할머니, 고맙습니다!"

아유가 커다란 장바구니를 번쩍 안고 툇마루로 갔다. 장바구니에서 선물을 하나하나 꺼낼 때마다 기쁨의 탄성을 질렀다.

"엄마, 이런 상황에……."

"얘가, 손녀가 왔는걸. 이 정도는 해도 되잖니."

"그런데 아버지는 어떻게 된 거예요?"

"아버지가 말이다. 아침에 차를 마시다가 손에 마비가 왔는지 찻잔을 떨어뜨리지 뭐니. 말도 잘 못하고⋯⋯."

"그, 그래서?"

"이거 위험하겠다 싶어 바로 구급차를 불렀지. 늦지 않게 대처해서 다행이었다. 어쩌면 예전만큼 몸을 움직이지 못할 수도 있지만, 목숨에는 지장이 없대. 앞으로 재활 치료가 큰 일이겠지만 그래도 정말 다행이야."

엄마가 정말 안도한 듯이 말했다.

"⋯⋯엄마도 고생이겠어요."

무심코 중얼거렸다. 내 작은 속삭임은 엄마에게 들리지 않았나 보다. "뭐라고?" 하고 되물어서 나는 아니라고 고개를 저었다.

"그럼 오늘 밤에는 솜씨 좀 발휘해볼까?"

기뻐하며 말하는 엄마에게 "나도 도울게요" 하고 웃어 보였다.

저녁은 스키야키였다. 아유가 맛있다고 연발하며 행복하게 웃더니, "내일은 할아버지랑 만날 수 있지?" 하고 들뜬 목소리로 물었다.

아유의 말에 엄마는 기뻐했으나 나는 마음이 복잡해졌다. 저녁을 먹고 엄마와 목욕한 아유는 먼 길 오느라 지쳤는지 어느새 다다미방에서 잠들었다. 나는 허둥지둥 이부자리를 준비해 아유를 눕혔다.

부엌에서 주전자에 물을 끓이던 엄마가 내 모습을 지켜보며 흐뭇하게 웃었다.

다다미방에는 불단이 있다. 엄마가 했을 것이다. 불단에 린의 사진도 있었다. 또 불단 옆에는 작은 앨범이 있었다. 꺼내서 펼쳐보니 린의 사진이 가득했다. 활기찬 린의 모습에 마음이 뭉클하게 뜨거워졌다. 엄마…… 하고 감동해서 중얼거렸다.

"준코, 차 마실래?"

"네."

나는 앨범을 덮어 원래 있던 곳에 꽂아놓았다. 아유에게 덮어준 이불을 한 번 더 확인하고 식탁으로 갔다.

"그나저나 엄마, 왜 이리 차분해요? 아버지가 쓰려지셨다길래 경황이 없을 줄 알았어요."

엄마가 찻잔을 식탁 위에 내려놓고 의자에 앉았다.

"그야 아버지가 쓰려졌을 때는 놀라고 정신이 없었지. 최악의 상황도 각오했고. 목숨에 지장이 없다고 하니까 그것만으로도 마음이 놓였어."

"그래요?"

나는 가만히 끄덕였다. 그렇게 제멋대로인 아버지라도 엄마에게는 소중한 사람이겠지.

"또 엄마로서 오래 살다 보면 여러모로 대담해지기도 해."

"그런 것 같아. 나는 아직 병아리나 마찬가지지만 조금은 알 것 같아요."

"너도 아이가 생기지 않아서 마음 고생 많이 했지? 포기하지 않고 노력해서 다행이야."

"그게 그렇지도 않아요."

나는 괴로운 표정으로 대답했다.

"그렇지도 않다니?"

"사실은 불임 치료가 힘들어서 포기한 적도 있어요."

"그랬구나……."

정신적으로도 경제적으로도 괴로웠다.

"꼭 아이를 낳아야 한다고 생각하는 것 자체가 아버지의 '저주' 때문은 아닐까 싶기도 했고……."

내 말을 이해하지 못했는지 엄마가 눈을 휘둥그렇게 떴다.

"아버지, 툭하면 '여자는 일찍 결혼해서 자식을 낳는 게 최고야'라고 말했잖아요?"

그러자 엄마가 "아, 그랬지" 하고 반응했다.

"아버지의 폭력적인 언동 하나하나가 저주처럼 내 가슴속에 남았어요. 아버지의 저주 때문에 필사적으로 발버둥 친 건 아닌가 생각하니까 내가 너무 바보 같아서, 치료도 그만두고 전부 내려놨어요."

그때 나는 지칠 대로 지쳐 있었다. 남편이 "치료 그만두자. 우리 할 만큼 다했어"라고 말해줬을 때, 잔뜩 긴장한 어깨가 마침내 풀린 기분이었다. 마음이 탁 놓였다. 그러면서 부부 둘만의 삶도 근사할 거란 믿음이 생겼다.

포기는 곧 인정과도 같았다. 그 이후로는 길에서 어린아이를 봐도 마음이 불편하지 않았다. 그저 인연이 닿아 아이가 생기면 좋겠다는 정도의 소원으로 바뀌었다. 필사적으로 매달렸던 예전과 달리 집착하는 마음이 사라졌다.

"그랬더니 아유가……."

나는 턱을 괴고 아유를 바라보았다.

아유를 임신했을 때, 나는 순간 망연자실했다. 안달 날 정도로 바라고 바란 기적인데, 막상 정말로 기적이 찾아오자 믿을 수 없어서……. 어쩌면 꿈을 이룬 순간이란 다 그런 건지도 모르겠구나 싶었다.

"그랬구나" 하며 엄마가 시선을 떨궜다.

"저주처럼 느꼈다니 미안하다."

"엄마가 왜 사과해? 엄마야말로 아버지 때문에 힘들었던 거 잘 알아요."

그러자 엄마가 고개를 저었다.

"그게 아니라, 준코……."

엄마가 뭔가 말하려는데 내 스마트폰이 부르르 울렸다. 지금 통화할 수 있느냐는 남편의 문자가 화면에 떴다. 엄마가 눈치채고 일어났다.

"그럼 나도 먼저 자마."

"네, 안녕히 주무세요."

엄마가 거실에서 나간 후, 남편에게 전화를 걸었다.

"아, 바로 연락 못해서 미안해. 아버지는 일단 괜찮으신 것 같아."

「내일 병원에 뵈러 갈 거지?」

남편은 당연히 나와 아버지 사이를 안다. 조심스러운 질문에 나는 잠깐 말을 어물거렸다.

"응. 아유가 할아버지를 보고 싶어 해서……. 솔직히 난 아직도 아버지 보고 싶지 않아. 그런데 나 때문에 아유에게서 할아버지를 빼앗는 게 맞는가 싶기도 하고. 그저 나의 이기심 때문인 것 같아 아유만이라도 아버지를 만나게 해줘야 될 것 같아."

그렇다면 나는 집에 있고 엄마에게 아유를 병원에 데려가 달라 해도 되지만, 아버지가 아유에게 무슨 말을 할지 모르니 그게 또 두렵다.

그래, 하고 남편이 숨을 길게 내쉬며 말했다. 내 마음을 걱정해주는 것 같기도, 또 안도한 것 같기도 한 말투였다.

「오랜만에 간 가마쿠라는 어때? 별도 잘 보여?」

나를 위해 일부러 화제를 바꾼 남편의 다정한 마음에 나는 부드럽게 웃었다.

"별? 모르겠네……. 쓰쿠바랑 비슷하지 않을까?"

쓰쿠바도 자정 즈음부터 반짝반짝 별하늘을 볼 수 있다. 실없는 대화를 나누다가 전화를 끊고, 식탁의 찻잔을 정리했다. 목욕하기 전에 물을 마시려고 냉장고를 열었는데, 우유가 없었다. 아유는 아침에 꼭 우유를 마신다. 또 오랜만에 본가에 왔는데 아침 정도는 내가 직접 차리고 싶다. 프렌치토스트를 만들까…….

"편의점에 다녀올까?"

나는 겉옷을 걸치고 집을 나섰다. 문단속을 철저히 하고 한적한 주택가를 걸었다. 밖이 쌀쌀하게 추웠는데, 몸이 움츠러들 정도는 아니고 딱 좋았다. 하늘을 올려다보니 그냥 평범한 밤하늘이었다.

"나온 김에 바닷가에나 가볼까?"

이런 시간에 바닷가에 가면 위험하려나. 일단 역까지 가보자.

추억을 곱씹으며 밤길을 걸었다. 바다가 보이는 데까지 터벅터벅 걸어갔다. 에노시마 방향의 모래사장에서 희미한 빛이 흘러나왔다. 자세히 들여다보니 미니버스 같은 차가 보였다.

"저게 뭐지……."

돌계단을 내려가 모래사장 쪽으로 걸어갔다.

밀려왔다 멀어지는 조용한 파도 소리. 밤하늘에 반달이 떴고, 그 아래에 트레일러 카페가 있었다. 차량 옆에 '보름달 커피점'이라는 간판과 테이블과 의자 세트가 하나.

아, 뭐지? 나는 그것을 요모조모 살펴보았다. 저 트레일러 카페는 쓰쿠바 공원에도 있었다.

"이런 곳에도 오는구나."

테이블 위에 까만 고양이가 있었다. 긴 꼬리가 파도 소리에 맞춰 진자처럼 살랑살랑 흔들린다. 까만 고양이가 뒤를 돌아 나를 보더니 '야옹'하고 울었다.

5

꿈을 꿨다. 바닷가에 트레일러 카페가 있고, 거기 있던 까만 고양이가 내게 말을 걸었다.

문득 뒤를 돌아보자, 어린 시절의 나와 남동생, 반려견 린이 있었다. 우리는 막대 폭죽을 가지고 놀고 있었다. 막대 폭죽이 타닥타닥 불꽃을 튀겼다.

내가 왜 이러지?

가슴이 벅차오르며 눈물이 났다.

"엄마, 괜찮아?" 하는 목소리에 눈을 떴다. 아유가 걱정스럽게 내 얼굴을 들여다본다. 툇마루 창에서 눈부신 아침 햇살이 내리쬔다.

"응?" 나는 미간을 찌푸렸다. 어젯밤, 바닷가에서 분명 트레일러 카페를 보았다. 그 후의 기억은 없다.

꿈속에서 울었는데 현실에서도 눈물을 흘렸나 보다. 흘러내린 눈물이 눈꼬리와 관자놀이를 적셨다.

"엄마, 배 아파?"

나를 걱정하는지, 아유의 눈이 가늘어졌다. 그 모습이 사랑스러워서 와락 끌어안았다.

"아니야, 꿈을 꿨어."

"슬픈 꿈?"

"기억은 안 나는데……."

슬픈 꿈은 아니었던 것 같다. 나는 몸을 일으켰다.

"배고프지? 오늘 아침은 엄마가 해줄 거야."

그렇게 말하다가 퍼뜩 놀라 부엌을 보았다. 어제 편의점에서 사 온 식빵이 식탁 위에 있었다.

"……사러 갔던 건 확실하네."

일어나서 식빵을 집었다. 이어 냉장고를 열어보자 우유도 있었다.

"엄마, 왜 그래?"

아무 일 아니라며 나는 고개를 저었다.

"프렌치토스트 만들어줄게."

아유가 신난다며 양손을 번쩍 들었다. 그때 거실 문이 열리고, 엄마가 "잘 잤니?" 하고 인사하며 들어왔다.

"프렌치토스트를 만든다고? 맛있겠구나."

"할머니, 안녕히 주무셨어요. 밥 먹고 할아버지한테 가는 거죠?"

"그래. 아유는 할아버지 만나서 '안녕하세요' 할 거지? 택시 타고 가자."

그런 대화를 지켜보며 나는 복잡한 심경으로 숨을 내쉬었다. 그래도 어제와 달리 마음이 짓눌릴 듯이 괴롭지는 않았다.

전화로 면회할 수 있는지 확인하고 우리는 병원에 갔다. 후지사와시의 대형 종합병원이다. 택시에서 내려 로비로 들어갔다. 병원이라면 질색하는 아유도 신이 났는지 발걸음이 가볍다.

"아유, 평소에는 병원 싫어하면서."

"그야 아유가 주사 맞으러 가는 게 아니니까."

아유의 대답에 엄마가 환하게 웃었다. 병실로 걸어가는 내내 내 심장이 두근두근 거슬리는 소리를 내며 뛰었다. 아버지와 몇 년 만에 만나는 거더라?

「하세가와 다쓰오」

병실 문 앞에 적힌 아버지 이름을 보자 가슴이 꽉 조여들었다. 아버지는 개인 병실을 쓰나 보다. 엄마가 짧게 노크하고, 대답을 기다리지 않고 문을 열었다.

"나 왔어요. 몸은 좀 어때요?"

"……음, 그럭저럭 좋아졌어."

아버지의 목소리가 들려왔다. 나는 복도에 서서 꼼짝하지 못했다. 그런데 아유는 망설임 없이 병실로 들어갔다.

"안녕하세요, 할아버지. 처음 만나요. 저는 이치하라 아유입니다."

해맑게 인사하는 아유에 나는 놀라서 병실을 들여다봤다. 아버지는 침대를 45도쯤 올리고 편하게 앉아 있었다. 체구가 꽤 큰 분이었는데, 살이 빠져서 그런지 왜소해보였다. 아버지는 아유를 보고 눈을 커다랗게 떴다.

"여보, 봐요. 아유야. 정말 귀엽죠?"

어머니가 눈물을 글썽이며 아유의 머리를 쓰다듬었다. 아버지가 순간적으로 눈가 가득 웃음을 지었으나, 문 앞에 선 내 존재를 의식했는지 급격히 표정이 어두워지더니 고개를 돌렸다.

"……아아."

반갑게 첫인사를 건넨 손녀에게 한 대꾸가 고작 그것이다.

그럼 그렇지. 아버지는 이런 인간이야. 내 안에 분노가 차올랐다. 하지만 정작 아유 본인은 아랑곳하지 않고 아버지 침대로 다가갔다.

"할아버지, 어제 사주셨던 과자랑 장난감, 고맙습니다."

아버지가 "앗" 하며 얼굴을 찌푸렸다.

"아유가 좋아하는 게 잔뜩 있어서 기뻤어요."

아유의 말을 듣고, 아버지가 당황해서 엄마를 봤다.

"당신, 말했어?"

말 안 했다며 엄마가 고개를 저었다. 그 모습을 보고 이해했다. 어제 과자와 장난감은 아버지가 "아유가 온다니 뭐라도 사다 줘"라고 엄마에게 당부한 것이다. 평범한 사람보다 세심하고 민감한 아유는 그 선물에 엄마뿐 아니라 아버지의 마음도 담긴 걸 알아차렸다.

"아유는요, 지금 '유성 엔젤'을 좋아해요. 할아버지도 '유성 엔젤' 알아요?"

"음, 아니……."

"진짜 귀여워요. 아유는 별이 제일 좋아요."

처음 보는 할아버지한테도 살갑게 이야기하는 아유에 아버지는 어색하게 맞장구를 쳐줬다. 어떻게 보면 참 흐뭇한 광경이다. 그러나 그 모습이 나를 혼란스럽게 했다.

"……아유, 엄마는 나가서 마실 것 좀 사 올게."

더는 상황을 견디지 못하고 나는 그 자리를 떴다.

아무도 없는 휴게실 벤치에 앉아 길게 숨을 내쉬었다. 내가 걱정되었는지 엄마가 바로 뒤따라왔다.

"준코, 괜찮니?"

엄마의 얼굴을 보자마자 내 얼굴이 잔뜩 일그러졌다.

"뭐하자는 건데? 우리한테 폭군처럼 군림할 때는 언제고 지금 와서 뭐야. 다 늙어서 손녀 앞에서는 천진한 할아버지가 되었다, 뭐 이거예요?"

갑자기 착한 척, 순진한 척, 말주변 없는 척하는 아버지 모습을 받아들일 수 없다. 내가 고개를 숙이자, 엄마가 옆에 천천히 앉았다.

"아버지는 젊어서부터 표현에 서툰 사람이었을 뿐이야."

내가 아무 말이 없자 엄마가 말을 이었다.

"또 지금 생각해보면, 아버지는 늘 자기가 나쁜 역을 도맡아줬어."

"……그게 무슨 말이에요?"

"마키 기억하니? 네가 잘 따랐었는데."

"아, 응. 이웃집에 살던 마키 언니?"

마키는 대각선 맞은편 집에 살던 대학생 언니다. 영어도 잘

하고 다정하고 아는 게 많아서 어린 나는 그 언니를 동경했다.

"그래, 마키. 공부도 잘해서 유학 갔잖니. 그런데 마키네 엄마는 참 외로워했어. 나는, 우리 준코도 마키처럼 공부 잘해서 유학도 가고 외국에 있는 회사도 들어가고 그러면 참 좋겠다 싶으면서도 너 없이는 너무 외로울 것 같다고 아버지랑 종종 얘기했어. 그랬더니 아버지도 안절부절못해서…… 우리는 네가 곁에 있어 주길 바랐거든."

나는 순간 말문이 막혔다.

"아니, 말이 안 되잖아요. 그렇게 자식한테 끔찍한 사람이 어떻게 그럴 수 있어요? 린이 우리 집에 왔을 때도……"

'개 수명이 짧다는 건 분명히 알아둬. 금방 죽어버리면 슬픈 건 너니까.'

그때 아버지가 한 말이 생각나 아랫입술을 깨물었다.

"아버지는 개가 와서 무작정 기뻐하는 너를 보고 불안했던 거야. 동물은 어쩔 수 없이 먼저 떠나잖니. 그러니까 '개의 수명은 인간보다 짧다. 먼저 세상을 떠난다'라는 사실을 미리 알아두라는 의미였던 거지."

생각지도 못한 말에 현기증을 느꼈다.

"뭐야 그게? 설령 그렇더라도 말을 꼭 그런 식으로 할 필요는 없잖아요. 아무리 미리 알고 있다 해도 그때가 오면 당연히 슬프니까."

"그렇지."

엄마가 씁쓸하게 웃었다.

"아버지도 어려서 개를 키우다가 먼저 떠나보내고 슬펐던 경험이 있었대. 그러니까 그렇게 말할 수밖에 없었던 거야. 워낙 서툰 사람이니까."

아까부터 서툴다, 서툴다……. 나는 얼굴을 찌푸렸다.

"서툴다는 말로 끝날 일이야? 무엇보다 지로한테 한 짓은 참을 수 없어요."

"그래. 너한테도 그랬지만 특히 지로한테는 너무 심했지."

그렇다고 고개를 끄덕였다. 나는 지로에게 댈 것도 못 된다. 동생이 너무 불쌍해보였다.

"그래도 아버지는 아버지 나름대로 지로를 생각해서 그런 거야. 지로가 워낙 예민한 아이였다 보니 밖에서 어떤 일을 겪든 버틸 수 있게 강해지라고 일부러 더 엄격하게 대했어. 아버지의 아버지…… 할아버지도 엄격한 분이었으니까, 아버지는 그게 당연하다고 생각한 거야."

할아버지는 내가 어렸을 때 돌아가셔서 기억하지 못한다.

굉장히 엄격한 분이었다는 이야기는 들은 적 있다.

"아버지, 젊어서는 사진작가가 되고 싶어 했어. 하지만 할아버지 반대가 워낙 크다 보니 포기하고, 할아버지 뜻대로 건실한 회사에 취직했지. 그래도 결과적으로 행복했으니까 할아버지 말씀이 옳았다고 믿었어. 그러니까 지로에게도 같은 길을 강요한 거야……."

"어? 아버지가 사진작가?"

처음 듣는 말에 나도 모르게 되물었다.

"그래. 불단에 있던 앨범 봤지? 린의 사진은 전부 아버지가 수동카메라로 찍은 거야. 네가 나간 후로 린을 돌본 건 내가 아니라 아버지였다."

쿵쿵 심장 소리가 거세진다.

"네 말처럼 서툴다는 말로는 끝나지 않을 일도 많았어. 그점은 아버지도 인정해. 그러니까 너희가 당신을 미워한다는 걸 알아도 받아들이고 있는 거고. 그래도 뒤에서 너희를 뒷바라지한 건 아버지야."

그건 내심 느끼고 있었다.

대학 학비며 결혼했을 때와 출산했을 때 엄마의 도움이 컸지만, 거기에는 아버지의 의도적인 무관심이 있었을 거라 짐작은 했다. 인정하고 싶지 않았지만……. 내가 괴로운 표정을 짓자, 엄마가 작게 한숨을 쉬었다.

"아버지가 말하지 말라고 했는데."

또 뭐지? 나는 엄마를 바라보았다.

"린이 위독했을 때, 내가 너한테 아버지가 일 때문에 늦는다고 한 거 거짓말이야."

"거짓말이라고요?"

"아버지가 널 부르라고 했어. 자기는 그동안 밖에 나가 있겠다고⋯⋯."

나는 너무 놀라 눈을 휘둥그렇게 떴다.

"⋯⋯네가 얼마나 힘들었는지 엄마도 잘 알아. 그래도 아버지도 힘들었단다. 이건 알아주면 좋겠구나."

그러고서 엄마는 병실로 가겠다며 일어나 휴게실을 나섰다. 나는 멍하니 엄마의 뒷모습을 지켜보았다.

너무 혼란스러워서 머릿속이 새하얘졌다. 아버지는 폭언과 폭력을 일삼는, 요즘 말로 표현하면 자식에게 가스라이팅, 곧 '심리적 지배'를 일삼는 사람이었다. 절대 용서할 수 없다. 지금 와서 아무리 그런 말을 해도⋯⋯.

그렇게 생각한 순간, 어디선가 파도 소리가 들린 것 같았다. 동시에 어제 겪은 일이 머릿속에 선명하게 되살아났다.

***

밤바다 위에 뜬 반원의 달.

모래사장에 '보름달 커피점'이라는 트레일러 카페가 있었다. 테이블 위에 있던 까만 고양이가 인기척을 느꼈는지 휙 뒤를 돌아보았다.

"어서 오세요. 기다리고 있었습니다."

까만 고양이가 말을 했지만, 나는 그다지 놀라지 않았다. 꿈이란 걸 꿈속에서도 느꼈다. 그보다 고양이가 한 말이 신경 쓰였다.

"기다리고 있었다고요?"

"전에 우리 마스터가 '조만간 또 뵙게 될 겁니다'라고 말했죠?"

까만 고양이가 보라색 눈을 가늘게 뜨며 말했다. 그러더니 테이블 위에 놓인 '예약석'이라는 팻말을 치우고, 앉으라고 자리를 권했다.

나를 위해 마련한 자리였나 보다. 신비로운 기분에 사로잡혀 의자에 앉았다. 밤하늘을 올려다보니 별하늘이 아름답게 펼쳐졌다. "세상에" 저절로 감탄이 나왔다. 겨울철 별자리가 반짝이는데도 조금 전까지 느꼈던 매서운 추위가 사라졌다.

밀려들고 빠져나가는 파도 소리가 카페의 배경 음악 같았다.

빠져들 듯이 밤하늘을 올려다보는데, 트레일러에서 커다란 삼색 고양이 마스터가 나왔다. 이 마스터라면 기억한다. 마스터가 내 앞에 와서 생긋 웃었다.

"다시 말씀드리지만, '보름달 커피점'에는 정해진 장소가 없습니다. 그때그때 당신이 자주 다니는 상점가나 종착역, 한적한 강변으로 장소를 바꿔가며 마음이 가는 대로 나타난답니다. 또한 우리 가게는 손님에게 주문을 받지 않아요. 오로지 당신만을 위해 특별히 준비한 디저트와 식사, 음료를 제공합니다."

나도 웃으며 알고 있다고 대답했다.

"당신에게는 이 음료를……."

마스터가 내 앞에 조금 큼지막한 컵을 내려놓았다. 손잡이 없는 항아리 모양의 투명 잔이다. 그 안에서 홍차와 얼음, 그리고 막대 폭죽이 타닥타닥 불꽃을 내며 담겨 있었다.

"'막대 폭죽 아이스티'입니다."

"어머" 하고 나는 잔에 가까이 얼굴을 대고 홍차 안에서 반짝이는 막대 폭죽을 응시했다. 이거 도대체 어떤 원리지?

"불꽃이 튀기도록 찻잎과 추억을 추출했어요. 불꽃이 사라지고 마지막 덩어리가 떨어졌을 때 드시면 됩니다."

그렇게 설명하며 커다란 삼색 고양이가 내 앞에 빨대를 놓았다.

"찻잎과 추억을 추출⋯⋯."

로맨틱한 표현에 나는 후후 부드럽게 웃었다. 홍차 안에서 터지는 호박색 불꽃이 마치 기적처럼 아름다웠다. 한동안 나는 정신없이 잔을 들여다보았다.

등 뒤에서 왁자지껄한 소리가 들려 무심코 뒤를 돌아보았다. 여자아이와 남자아이 둘이서 불꽃놀이를 하고 있었다. 손에는 막대 폭죽을 들었다.

여자아이 곁에는 시바견처럼 생긴 개가 있었다. 나는 꿀꺽 침을 삼켰다. 저건 예전의 우리다. 나와 동생, 그리고 린.

초등학생 때, 여름이면 저렇게 불꽃놀이를 하고 놀았다. 즐겁게 노는 어린 시절의 우리 뒤에 한 사람이 있었다. 어른 남자처럼 보인다. 아무 말 없이 한 걸음 떨어져서 아이들을 물끄러미 바라보고 있다.

아버지였다.

불꽃놀이를 마치고 우리가 일어나자, 아버지는 묵묵히 주변을 정리하고 우리를 이끌며 걸음을 옮겼다. 나는 린의 리드 줄을 잡고 동생과 함께 아버지를 따라 걸었다.

맞아, 그랬어. 왜 잊어버렸지?

나는 지금까지 아버지의 싫은 면만 되새겼다. 이렇게 멋진 추억 속에 함께 있는 아버지의 모습은 전부 삭제했다.

달칵, 얼음 소리가 났다. 홍차 안의 막대 폭죽의 불빛이 후드득 떨어졌다. 동시에 어린 시절 우리의 환상이 연기가 되어 사라졌다.

나는 여우에 홀린 기분으로 빨대를 들고 '막대 폭죽 아이스티'를 한 모금 마셨다. 진한데 떫지 않다. 살짝 단맛이 나는 건 벌꿀을 넣어서일까? 입에 퍼지는 맛에 눈시울이 뜨거워졌다.

"……맛있어."

조용히 말하자, "다행이에요"라는 목소리가 들렸다. 고개를 들자 어느새 맞은편 의자에 까만 고양이가 앉아 있었다. 나는 조금 놀라서 몸을 살짝 앞으로 숙였다.

"저기, 이 자리는 나를 위해 예약해둔 거죠?"

"그래요."

까만 고양이가 선뜻 대답했다. 자수정처럼 아름다운 보라색 눈동자가 반짝 빛났다.

"내가 올 줄 어떻게 알았어요? 기억이 안 나지만, 혹시 내가 직접 예약했나요?"

까만 고양이가 고개를 저었다.

"이 자리를 예약한 건 당신이 아니에요. 벌써 21년 전인데,

언젠가 당신이 오면 부탁한다는 의뢰를 받았어요."

누가……라고 물으려다가 입을 다물었다. 머릿속에 그 모습이 또렷하게 떠올랐다.

"린이?"

까만 고양이가 후후 웃었다.

"그 아이의 이름은 윤회에서 따온 '린'이죠. 멋진 이름이에요."

뜨겁게 달아오르는 가슴을 느끼며 고맙다고 웃었다. 린이면 여행을 떠나기 전에 이들에게 나를 부탁했구나. 그렇게 생각하자 참 신기했다.

"이번에 우리 집에 새로 강아지가 와요. 그 아이 이름도 '린'인데…… 혹시 정말로 린이 그 아이로 환생한 걸까? 꿈만 같은 이야기지만."

혼잣말처럼 중얼거리다 지금 이 상황이야말로 꿈이 아닌가 싶어 나는 피식 웃었다. 그러자 까만 고양이가 눈을 가늘게 떴다.

"환생은 진짜 있어요. 일전에 전생에서 물려받은 힘에 관한 설명을 들었죠?"

점 코너에서 만난 금발 여성이 생각나 나는 미뭇거리며 그렇다고 대답했다.

"사람은 그때까지 쌓은 덕을 지니고 환생해요. 하지만 인간 성이라곤 없는 금수 같은 짓을 저지른 자는 짐승으로 환생하기도 해요. 물론 그 반대도 있고요."

"동물이 인간으로 환생할 수도 있다는 얘기인가요?"

"네. 인간에게 많은 사랑을 받은 동물은 인간으로 환생할 수 있어요. 물론 자기가 바라야 하지만요. 그러니까 인간으로 환생한 동물 중에는 반려동물이었던 아이가 많아요."

이게 말이 되는 소리인가. 멍하니 까만 고양이를 바라보았다.

"반려동물이 왜 인간으로 태어나고 싶어 한다고 생각하세요?"

"음, 인간의 생활을 보고 부러웠으니까?"

그러자 까만 고양이가 작게 웃었다.

"반려동물은 대부분 그런 생각은 안 해요. 인간은 힘들어 보이는걸요."

그럴듯한 말이라 나는 어깨를 움츠렸다.

"그래도 인간으로 태어나고 싶은 반려동물은 자기 자신이 아니라 사랑하는 사람을 돕고 싶어 해요. 그러니까 처음부터 덕이 많고, 평범한 인간에게는 없는 특별한 능력을 갖고 태어나는 경우가 많죠. 우리는 그런 고귀한 존재를 '별의 아이'라고 불러요."

"그렇군요……."

그럼 혹시 린도 인간으로 환생했을까? 속으로 생각하는데, "그래요" 하고 까만 고양이가 말했다. 어? 나는 고개를 들었다.

그때였다.

"엄마."

아유의 목소리에 나는 정신을 차렸다. 고개를 들자, 아유가 휴게소에 불쑥 들어왔다. 나를 향해 똑바로 다가온다.

그날 밤, 까만 고양이가 한 말이 머릿속에서 맴돌았다.

"당신 가족에게 듬뿍 사랑을 받은 그 아이는 인간으로 다시 태어나 당신과 가족을 돕고 싶다고 간절히 바랐어요."

내 안에서 막대 폭죽이 펑 터진 것 같았다.

"아유!"

이 아이는 나를 도와주기 위해 다시 태어나 나에게 와줬다. 자식을 갖지 못해 괴로워하는 나를, 뿔뿔이 흩어져버린 우리 가족을 보다 못해 도와주러 왔다.

"고마워, 아유. 와줘서 고마워."

나는 아유를 힘껏 안았다.

"길을 잃었어?"

아유가 놀라서 나를 살폈다. 아유의 작은 이마에 내 이마를 살짝 댔다.

"응...... 길을 잃었어."

정말로 잃었다. 아니, 길을 잃으려는 시도조차 안 했다. 그 자리에 멈춰 서서 움직이지 않았다.

나는 너무도 나약했다. 아버지에게 불만이 있다면 제대로 반항했어야 했다. 정면에서 한바탕 싸워야 했다. 서로 의견을 맞부딪쳐야 했다. 하지만 아버지 앞에 주눅이 들어 벌벌 떨며 도망쳤을 뿐이다.

"그래도 이제 괜찮아. 갈까?"

나는 아유의 손을 잡고 일어났다.

"이쪽이야."

아유는 정말 내가 병실을 못 찾았다고 믿는지 최선을 다해 나를 이끌고 갔다. 그 모습이 사랑스러워 웃으며 아유의 등에 대고 말을 걸었다.

"엄마는 아유의 전생이 뭔지 알 것 같아."

아유가 눈을 반짝이며 돌아봤다.

"와, 뭔데?"

"아유는 '천사'였을 거야."

"아빠도 맨날 '천사'라고 해. 그런데 사토미 고모가 아빠한테 '딸 바보'라고 했어."

기대했던 대답이 아니었는지 아유가 입을 삐죽여서 나는 작게 웃었다.

병실에 들어가자 아버지가 멋쩍은 표정으로 나를 바라보았다. 조금 전에는 아버지를 어떻게 대해야 할지 몰라 어색했지만 지금은 다르다. 내 마음은 잔잔한 물결처럼 차분하다.

지금까지는, 만약 아버지와 재회한다면 아버지가 먼저 사과해주길 바랐다. 그런데 막상 대면하자 사과할 사람은 나라는 생각이 들어 신기했다. 그래도 서로 잘못한 셈이니까 지금 사과하는 것도 새삼스럽다.

"……쓰러지셨다길래 걱정했는데, 그나마 천만다행이에요."

내가 말을 걸자, 아버지의 눈이 커다랗게 뜨였다.

"……."

아버지가 뭔가 말하려다가 입을 다물었다. 울음을 참는지, 순식간에 얼굴이 벌게졌다. 아버지는 고개를 돌리고 퉁명스럽게 말했다.

"그래봤자 재활 훈련 안 하면 제대로 걷지도 못한다 하대.

귀찮은 일만 남았지."

그러자 아유가 불쑥 몸을 내밀고 말했다.

"그럼 재활 훈련 열심히 해야겠어요!"

응? 아버지의 몸이 굳었다.

"아유도 여름에 바다에서 불꽃놀이를 하고 싶으니까."

아버지의 몸이 부들부들 잘게 떨렸다. 아아…… 하고, 거의 들리지 않는 목소리가 새어나왔다. "어머나" 하고 엄마가 입에 손을 올렸다.

"손녀한테는 못 이기지. 당신, 재활 훈련 열심히 해야겠네요."

아버지는 부루퉁한 표정으로 시선을 피했다. 예전에는 이런 아버지를 이해하지 못했다. 왜 맨날 퉁명스럽게 구는지 못마땅해 하며 움찔움찔 눈치를 살폈다. 그래도 지금은 아버지가 쑥스러워서 그런다는 걸 알게 되었다.

어느새 나도 부모를 객관적으로 볼 수 있는 어른이 된 것이다.

"그렇지, 여보……."

엄마가 입을 여는데, 활짝 열린 문을 누군가가 노크했다. 모두의 시선이 일제히 문으로 쏠렸다.

거기에 40대 초반의 남성이 서 있었다. 마른 체구에 턱수염을 길렀고, 목덜미까지 오는 구불구불 파마한 머리를 하나로 묶었다. 재킷에 청바지인 편한 스타일이지만 패션 감각이 좋아 보인다.

"……지로."

남동생 지로였다. 지로가 목례를 하며 병실로 들어왔다.

"아버지, 괜찮아 보이네?"

아버지는 당황한 티를 내면서도 "그래, 뭐" 하고 대답했다.

"이래저래 과거가 있지만 이런 일이 생기면 걱정되니까."

지로가 장난스럽게 웃었다. 그날의 사건 이후로 지로는 늘 나긋나긋한 말투를 쓴다. 지금도 변하지 않았다. 아유가 누구냐고 내게 속삭였다. 지로는 "나 같은 놈이랑 만나면 안 되잖아"라며 아유와 만나는 걸 피했다.

"엄마의 남동생, 아유한테는 외삼촌. 지로 삼촌이야."

그러자 "어머나, 내가 삼촌?" 하고 호들갑스럽게 손을 입에 가져다댔다.

아유는 전혀 신경 쓰지 않고 지로 앞까지 가서 밝게 인사했다.

"처음 만나요. 이치하라 아유입니다."

"어머, 아유. 사실 '처음'이 아니야. 네가 갓난아기일 때 만난 적 있어."

지로가 아유의 뺨을 콕 손가락으로 찔렀다.

"난 기억 못하는걸."

"하긴. 아유 말이 옳다. 기억하면 말이 안 되지."

지로가 아하하 웃으며 아유의 머리를 쓰다듬었다. 아버지
가 크흠 헛기침하더니 시선을 피한 채 지로를 불렀다.

"지로."

"응."

지로가 아버지를 보았다.

"결혼한다면서."

아버지가 쓰러진 일로 깜박 잊고 있었는데, 그러고 보니 지
로의 결혼 소식을 듣고 놀란 참이었다. 부모님이 아는지 몰랐
는데 아무래도 나보다 먼저, 아버지가 쓰러지기 전에 이야기
했나 보다.

지로의 상대는 동성일 테니 이성끼리 하는 기존의 결혼식과
는 좀 다를 것이다. 부모님이 나보다 훨씬 충격을 받았으리라.
어쩌면 아버지가 쓰러진 원인 중 하나가 아닐지 걱정되었다.

지로는 "맞아" 하고 고개를 끄덕였다. 아버지가 그러냐고
혼잣말처럼 말한 후, 입을 열었다.

"나는 네가 평생 혼자 지낼까 봐 걱정했다. 네 곁을 평생 지
켜줄 사람이 생긴다면 조금은 마음이 놓이는구나."

아버지의 말에 놀랐다. 지로도 마찬가지인지 눈을 커다랗
게 뜨고, 선 채로 굳었다.

"헉, 어색하게 왜 그러세요. 안 하던 말을 다하고."

눈에 고인 눈물을 얼버무리려는 듯이 지로가 가볍게 웃더니 자기 몸을 살짝 끌어안는 시늉을 했다.

"사실은 내 약혼자도 같이 왔어. 만나줄래?"

지로가 문 쪽을 돌아보았다. 우리는 무심코 얼굴을 마주 보았다.

"잠깐만, 지로. 갑자기 너무 충격이 크면……."

말로 듣는 것과 실제로 만나는 건 전혀 다르다. 지금이 아니라 조금 익숙해진 후에 만나는 게 낫지 않을까. 허둥거리는 나와 달리 아버지는 작게 웃었다.

"여기까지 왔다고? 그럼 들어오라고 해야지."

가족과의 교류가 단절된 동안, 누구보다 변한 사람은 아버지였다. 자식들과 소원해지고 평생 근무한 직장에서 은퇴한 아버지. 어쩌면 자신을 다시 살펴볼 기회가 우리보다 많았을지도 모른다.

지로는 고맙다고 웃으며 문을 바라보았다.

"오래 기다렸지, 미안해. 들어와."

지로가 부르자, 20대 후반 정도로 보이는 여성이 병실로 들어왔다. 남색 정장을 입었고, 병문안용 과일 비구니를 손에 들었다. 똑똑해 보이는 사람인데, 어디서 본 적 있는 얼굴이다. 그때 아유가 소리를 질렀다.

"'유성 엔젤' 만든 사람이다!"

지로가 그렇다고 말했다.

"나카야마 아카리. 방송제작사 프로듀서야. 아유 말대로 〈유성 엔젤〉도 만들었어."

소개를 받은 여성은 대단히 긴장했는지 딱딱하게 굳은 얼굴로 어색하게 고개를 숙였다.

"처, 처음 뵙겠습니다. 나카야마 아카리입니다."

우리는 넋이 나간 채 꾸벅 마주 인사했다. 아버지는 멍하니 입을 벌렸고, 엄마는 세상에, 세상에 하며 뺨에 손을 댔다.

"지로가 이러니까 당연히 남자를 데리고 올 줄 알았어. 그러니까 나도 아버지도 각오하고 있었는데."

생각을 굳이 말로 꺼낸 엄마에 나도 아버지도 기겁했다. 지로가 아하하 웃었다.

"사실 남자친구가 있었던 적도 있어요."

그러자 이번에는 아카리가 깜짝 놀라서 지로를 봤다.

"하지만 지로 씨, 전에 마음은 남자라고 했는데."

"응, 예전 일이야. 사실 내가 어떤 사람인지 잘 몰라서 헤매던 적도 있었어. 그러다 나이 먹고 마흔을 넘기니까 남자든 여자든 그게 뭐 상관있나 싶어지더라고. 물론 이건 어디까지나 내 상황이지만. 아카리 씨는 보다시피 머리도 좋고 일도 잘하고 아주 예뻐. 나무랄 데 없는 엘리트야. 나한테는 과분한 사람이지. 그래도 이런 나를 있는 그대로 좋아해주는 사람이야. 그러니까 나도 평생 이 사람을 지키고 싶더라."

당당하게 말하는 지로에 나와 엄마는 손으로 입을 턱 막았고, 아카리는 얼굴이 새빨개져서 고개를 숙였다. 아버지는 피식 입술을 올려 웃고, 아카리를 바라보았다.

"아카리 씨, 지로 녀석을 부디 잘 부탁합니다."

아카리는 아버지를 당당하게 바라보며 깊이 고개를 숙였다.

"네, 저야말로 잘 부탁드립니다."

감동해서 가슴이 벅차오르는데, 아유가 내 손을 살그머니 잡았다. 시선을 내리자, 아유가 환하게 웃으며 나를 바라보고 있었다.

"엄마, 다행이다."

내 눈에서 주르륵 눈물이 흘렀다. 그렇다고 대답하며 아유의 머리를 쓰다듬었다.

아유는 곧장 아카리에게 달려가 자기가 얼마나 〈유성 엔젤〉을 좋아하는지 열심히 설명했다. 그 이야기가 끝나자 이번에는 집에 강아지가 올 거라고 자랑했나. 이름을 '린'으로 정한 것도. 지로가 호오 하고 팔짱을 꼈다.

뿔뿔이 흩어진 가족이 지금 한 공간에서 함께 웃는다.

내가 얼마나 이 광경을 바랐는지, 이 자리에 서자 마침내 깨달았다. 우리 가족의 중심에서, 즐겁게 재잘재잘하는 아유의 모습에서 린이 떠올랐다.

고마워.

마음속으로 다정하게 속삭였다.

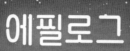

에필로그

수만 수억 년 동안 별들이 한결같이 빛을 발하는 사이, 지상에서는 다양한 마음이 인생을 만들어간다. 기쁨과 슬픔이 있고, 오해와 엇갈림이 있다. 별지기들은 그런 사람들을 조금이라도 도와주고 싶다.

일을 무사히 마친 별지기들이 크리스마스이브의 밤, 아사쿠라 조소관 옥상에서 여전히 송별회를 즐기는 중이다.

"준코 씨 가족도 분명 멋진 이브를 보내고 있겠지?"

나, 비너스는 '유성군 팝콘'을 먹으며 말했다. 짠맛도 적당하고 달콤한 캐러멜소스도 최고다. 우리 연회에 빠지지 않는 단골 메뉴다.

눈을 감자 지금까지 만나온 사람들의 얼굴이 생생히 떠올랐다.

준코 씨의 집에 '린'이라는 이름의 새로운 가족이 늘었다. 쓰러졌던 준코 씨의 아버지는 완전히 회복하지는 못했지만, 곧 퇴원해서 지금은 재활 삼아 손녀를 보러 다닌다. 크리스마스이브인 오늘, 모두 모여 파티를 열 것이다.

사토미 씨는 남자친구와 행복한 시간을 보내고 있을 테고, 고유키 씨는 케이크를 들고 본가로 가는 중이겠지. 아주 멋진 표정으로. 고유키 씨는 새로운 문을 열었다. 분명 앞으로 근사한 일들이 그녀 앞에 펼쳐질 것이다.

나는 눈을 뜨고 "그러고 보니" 하고 입을 열었다.

"고유키 씨도 그랬고, 준코 씨도 월궁 별자리가 물고기자리였지."

곁에 앉은 루나가 고개를 끄덕였다. 마침 태양궁 별자리와 비교해 월궁 별자리는 힘을 전적으로 발휘하지 못한다는 이야기를 나누던 참이다.

"사실 미숙한 월궁 별자리이기에 '진정한 소원'의 힌트가 숨어 있기도 해."

루나의 말을 이해하지 못해 나는 고개를 갸웃거렸다. 루나가 후후 웃었다.

"원래 '물고기자리'라는 별자리는 관용적이고 다른 사람을 편하게 해주고 '용서하는 것'이 특기잖아?"

"응" 하고 나는 대답했다.

"태양궁 물고기자리는 관대한 사람이 많지. 타인은 물론이고 자기 자신에게도……."

거기까지 말한 나는 아하 하고 눈을 크게 떴다.

"하지만 월궁 별자리가 물고기자리인 고유키 씨와 준코 씨는 용서하고 싶은 마음이 강했지만 쉽게 용서하지 못했어."

그들의 진짜 소원은 '용서'였다. 그걸 잘하지 못해서 괴로워했다. 내 말에 루나가 그렇다고 말했다.

"월궁 별자리가 물고기자리인 사람은 남들보다 몇 배로 용서하고 싶지만 그러지 못해서 일이 어려워지기도 해."

"그럴 때는 어떻게 해야 해?"

"누가 뭐래도 우선 자기 자신을 용서해야지. 다른 사람을 증오하고 질투하고 용서하지 못하는 자기 자신을 먼저 용서하는 거야. 모든 것이 거울인 게 이 세상의 진리이고, 모든 것의 시작은 자기 자신이니까. 나를 용서하면 타인도 용서할 수 있어. 하지만 그걸 깨닫지 못하고 제자리걸음을 하지. 뭐, 꼭 월궁 별자리가 물고기자리인 사람만 그러는 것도 아니지만. 어떻게 보면 아이러니하지?"

루나가 자조적으로 웃었다. 나도 따라 웃었다.

"그래도 그들은 자기 자신을 용서했어."

"맞아. 정말 기쁜 일이야."

"응."

나는 밤하늘을 올려다보았다. '보름달 커피점'은 기본적으로 보름달과 삭월이 뜨는 밤에 문을 연다. 오늘은 크리스마스 이브 특별 오픈이어서 하늘에 뜬 달이 살짝 이지러졌다. 늘 동그랗게 뜬 달만 봐서 조금 신기했다.

루나가 말한 달의 미숙함은 이렇게 형태를 바꾸는 불안정함에서 오는지도 모른다. 또 달은 태양의 빛을 받아야만 빛날 수 있다.

"아, 그렇구나."

나는 달을 바라보며 차분히 말했다.

"뭐가?"

"이해했어. 월궁 별자리의 비밀을."

"응?"

루나가 미간을 살짝 찌푸렸다.

"불안정하고 미숙하기 때문에 빛을 받아야 반짝일 수 있는 거야."

"어?"

"월궁 별자리가 물고기자리인 사람은 태양궁 별자리가 물고기자리인 사람에게 이기지 못해. 그러니까 그 부분에서 콤플렉스를 느껴. 하지만 바로 그렇기에 거기에 빛을 비추는 거야. 그러면 '진정한 소원'을 깨달을 수 있는 거지."

내 말을 들은 루나가 눈을 휘둥그렇게 떴다.

'빛을 비춘다.' 그 방법은 사람마다 다르다. 자신을 용서하거나 인정하는 방법도 빛을 비추는 방법의 한 가지일 것이다. 강렬한 태양 빛을 똑바로 응시할 수는 없지만, 그 빛을 동경하는 달의 마음은 태양의 빛을 받으면 반짝이니까…….

루나는 눈가에 촉촉하게 맺힌 눈물을 감추려는 것처럼 그럴지도 모른다고 말하며 시선을 피했다. 우리 사이로 주피터가 끼어들었다.

"멋진 밤이지? 한 번 더 건배하자."

우리 어깨를 안고 잔을 들었다. 그러자 사투르누스가 질린다는 듯이 어깨를 으쓱였다.

"너는 정말 '건배'를 좋아하는군."

"그야 기분 좋게 '건배'를 할 수 있다면 행복하니까. 나는 그렇게 생각하거든."

루나도 조용히 동의하며 사투르누스를 보았다.

"새턴은 '건배'가 아니라 술잔을 바치는 '헌배'를 좋아할 것 같아⋯⋯."

"루나, 차분한 너까지 나를 그렇게⋯⋯."

"미안."

루나가 후후 웃었다. 늘 냉철한 표정인 루나가 보여준 미소가 우리는 기쁘게 해줬다.

"진짜 건배하자. 맞다, 그 전에 주피터, 루나가 마시는 '바이올렛 피즈'의 술말이 뭔지 알려줘."

주피터가 알겠다고 장난스럽게 웃고, 루나가 든 잔의 측면에 검지를 댔다.

"이 아름다운 보라색 술말은 '나를 기억해줘'야."

바이올렛 피즈의 술말을 듣자 루나의 눈이 활처럼 예쁘게 휘어졌다.

"나랑 잘 맞는다. 늘 그렇게 생각하거든."

"그래?"

"응. 그러니까 달이 안 보이는 삭월 밤에도, 모습은 안 보이지만 나를 느껴달라고 바라면서 더욱 큰 에너지를 내려고 해."

루나가 "건배" 하고 잔을 들더니 바이올렛 피즈를 마셨다.

"앗, 루나도 참. 다 같이 해야지."

"에이, 뭐 어때."

나도 웃으며 "건배" 하고 잔을 들어 와인쿨러를 마셨다.

"루나, 넌 정말 마이웨이야."

"후후, 미안해."

황당하다는 듯이 투덜거리는 사투르누스와 전혀 미안해하지 않는 루나. 둘의 대화를 들으니 저절로 미소가 나왔다.

밤하늘에는 완만하게 곡선을 그린 달과 또렷한 은하수가 있었다. 반짝반짝 빛나는 별들이 마치 은하수를 헤엄치는 물고기 같았다.

작가 후기

《진짜 소원을 찾아줄까요?─보름달 커피점의 고양이 별 점술사2》을 읽어주신 여러분, 고맙습니다. 모치즈키 마이입 니다.

이번 이야기는 2020년 연말이 배경인데요, 신종 코로나바 이러스 관련 언급은 하지 않았어요. 이야기 속 세계에서만큼 은 마스크나 사회적 거리두기를 의식하고 싶지 않은 마음이 었어요. 부디 이해해주시면 좋겠습니다.

자, 시리즈 두 번째인데요, 2권부터 읽어도 문제없을 거예 요. 그래도 1권인《보름달 커피점의 고양이 별점술사》부터 읽 어보시면 이해하기노 쉽고 훨씬 더 재미있을 기리 생각합니 다. 관심 있으신 분은 1권도 읽어보세요.

첫 번째 책은 '독자 여러분이 이 책 한 권이면 서양 점성술의 기본 내용은 어느 정도 파악할 수 있도록 하자' 하는 마음으로 열심히 써보았습니다.

감사하게도 원래 점성술에 흥미가 있던 분들이 "정말 이해하기 쉬웠어요", "책을 읽고 내 출생 천궁도를 조사했어요"라는 서평을 셀 수 없이 많이 보내주셔서 기뻤답니다.

한편으로 점성술을 잘 모르는 분들에게는 조금 어려웠는지, "점성술 부분이 이해하기 힘들어요"라는 말씀도 주셨습니다.

그런 의견을 참고해, 이번에는 '태양궁 별자리', '월궁 별자리', 'ASC'로 범위를 좁혀서 점성술 이야기를 해보았습니다. 자신의 출생 천궁도를 살펴볼 때, 이 세 가지를 보고 자기 자신을 재확인할 수 있으면 좋겠다고 생각했어요.

여기서, 강조하고 싶은 점이 있습니다. 점성술 세계는 점을 보는 사람 수만큼 다양한 해석이 존재해요. 이 시리즈는 서양점성술 강사인 미야자키 에리코 선생님의 감수를 받으면서 제 해석을 따랐습니다.

혹시 '내가 아는 방식이랑 다른데?'라고 생각하실 수도 있어요. 그럴 때는 맞고 틀리고의 문제가 아니라 '이 이야기에서는 이렇게 해석을 했구나'로 이해해주시면 좋겠습니다.

1권의 후기에서 서양 점성술을 공부하기 시작한 경위를 간단히 언급했었죠. 2권을 쓰기 전에 다시 돌이켜보니, '점성술을 배우고 싶다'라고 생각하게 된 첫 번째 동기는 '운이 트였으면 좋겠다'였습니다. 즉, 저의 진짜 소원을 이루고 싶었죠.

따라서 점성술 공부를 진행하면서 저 자신의 소원도 직시하려고 했어요. 그러다 깨닫게 되었어요. '나의 진정한 소원'이 뭔지 잘 모른다는 것을요.

"진정한 소원을 '안다'는 점이요. 그걸 일부러 알아야 할 필요가 있나요? 그런 건 다들 당연히 아는 거 아닐까요?"

소설 속에서 비너스가 이렇게 말하죠. 저도 처음에는 이렇게 생각했답니다. 누구나 자기가 원하는 걸 알고 있지 않겠냐고요.

그런데 알고 봤더니 '진정한 소원'과는 조금 달랐어요.

당시 제 소원은 '복권에 당첨되고 싶어'나 '다이어트에 성공하고 싶어', 또 하나는 '책을 내고 싶어'였어요. '복권'이 왜 진정한 소원과 다른지는 소설 속에서 다뤘으니까 여기에서는 언급하지 않겠습니다.

'다이어트' 문제는요, 저는 '마르면 예뻐진다'고 생각했어요. 그렇다면 '다이어트에 성공한다'가 아니라 '예뻐지고 싶다'

를 바라야 하죠. 진짜 바라는 소원에서 조금 어긋났답니다.

'책을 내고 싶다'는요, 인터넷에 여러 작품을 투고하면서 '뭐든 좋으니까 책으로 내고 싶어'라고 생각했어요. '그럼 어떤 작품을 책으로 내고 싶은데?'라고 자문해봤더니, '이 작품은 유독 마음이 가지만 분량이 너무 많고, 저 작품은 내용이 좀 어렵네. 그래도 이렇게 열심히 썼는데 어떤 작품이든 좋으니 책으로 내고 싶어'라고, 거의 집착처럼 바라면서도 구체적이 아니었어요.

이래서는 안 되니까 일단 제 소원을 정리해보았습니다.

그러다가 찾아낸 소원은 '이 작품이라고 딱 정한 건 아니지만 무조건 출판사를 통해 책을 출간하고 싶어'였습니다.

소원을 자각하고 다시 소설을 확인해보니, 어느 작품이나 아끼는 마음이 듬뿍 담겼지만 책으로 냈을 때의 이미지가 떠오르지 않더라고요.

'그렇다면 책으로 만들 만한 작품을 새로 쓰자'라고 마음먹고 새롭게 소설을 쓰기 시작했어요. 그 결과, 그 작품으로 문학상을 받아 지금에 이르렀죠.

이렇게 운이 트이는 첫걸음은 '나의 진정한 소원'을 깨닫는 것이에요. 또 소원을 찾기 전에 자신의 마음을 알고 정리하는 작업도 필요하죠.

이때 좋은 힌트가 되는 것이 태양궁 별자리와 월궁 별자리와 ASC입니다. 특히 월궁 별자리는 본능이라고 할 수 있는 본바탕이니, 이야기 속 등장인물들처럼 월궁 별자리를 인식하면 무언가 새로 보이는 게 있을지 몰라요.

참고로 이 '월궁 별자리'는 말이죠. 점성술 세계에서는 해석이 다양합니다. 저도 이번 이야기를 쓰면서 월궁 별자리를 자세히 알아보고 저만의 해석을 보태 소설 속에 등장시켰어요.

이번에는 2권 이야기에 담긴 비화를 조금 밝혀볼까요?

사실 속편의 구상이 전혀 없는 상태로 2권의 집필을 제안받았어요. 물론 기쁘게 수락했으나 아무것도 생각나지 않아서 어떡하면 좋을까 고민했죠.

애초에 1권으로 깔끔하게 이야기가 끝났잖아. 2권은 어렵지 않을까? 어중간한 이야기는 아예 안 쓰는 게 낫지 않나? 출판사에는 미안하다 하고 없던 일로 해야 하나……?

이렇게 끙끙 앓던 때, 일러스트레이터 사쿠라다 치히로 선생님이 SNS에 보름달 커피점 신작 일러스트를 공개했어요.

'막대 폭죽 아이스티'라는 작품이었습니다.

충격적이었어요. 아름답고 환상적이고 어딘가 향수를 자극했죠. 아름다운 일러스트를 보자, 머릿속에 이미지가 떠올랐어요. 제3장의 '막대 폭죽 아이스티'가 등장하는 장면은 이때 떠오른 이미지 그대로예요.

동시에 어렴풋하지만 2권의 구성도 생각났어요.

그 외에도 황홀한 꿈을 꾸고 좋은 플롯이 만들어지기도 하는 등 신비한 일을 겪으면서 완성한 것이 이번 작품입니다.

제가 말하기는 그렇지만, 다 쓰고 보니 1권과 분위기가 또 다르면서 멋진 이야기를 쓴 것 같아서 기쁘고 가슴도 벅차오릅니다.

이번에도 멋진 일러스트를 선뜻 제공해주신 사쿠라다 치히로 선생님, 1권에 이어서 감수를 맡아주신 미야자키 에리코 선생님, 또한 이 작품에 참여해주신 모든 분과의 인연에 진심으로 감사합니다.

정말 고맙습니다. 부디 모든 분의 진정한 소원이 이루어지기를.

모치즈키 마이

참고문헌

르네 반 달 연구소ルネ・ヴァン・ダール研究所, 《가장 쉬운 서양 점성술 입문いち
　ばんやさしい西洋占星術入門》(나쓰메샤ナツメ社)

케빈 버크ケヴィン, 이즈미 류이치バーク 伊泉龍一 옮김, 《점성술 완전 가이드:
　고전적 기법부터 현대적 해석까지占星術完全ガイド 古典的技法から現代的解
　釈まで》(포튜너フォーテュ…ナ)

룰루 라브아ルル・ラブア, 《점성학 신장판占星学新装版》(지쓰교노니혼샤実業之
　日本社)

가가미 류지鏡リュウジ, 《가가미 류지의 점성술 교과서 I : 나를 알기鏡リュウジ
　の占星術の教科書 I 自分を知る編》(하라쇼보原書房)

가가미 류지鏡リュウジ, 《점은 왜 맞나요?占いはなぜ当たるのですか》(세쓰와샤説
　話社)

마쓰무라 기요시松村潔, 《개정 결정판 최신 점성술 입문―엘북 시리즈最新占星
　術入門―エルブックスシリーズ》(가쿠겐플러스学研プラス)

마쓰무라 기요시松村潔, 《완전 마스터 서양 점성술完全マスター西洋占星術》(세
　쓰와샤説話社)

마쓰무라 기요시松村潔, 《월궁 별자리 점성술 강좌―달로 알아보는 마음과 몸
　의 미래 그리고 꿈 성취법月星座占星術講座-月運で知命るあなたの心と體の未來
　と夢の成就法を》(키주쓰효론샤技術評論社)

이시이 유카리石井ゆかり, 《달로 읽는 내일의 별점月で読む あしたの星占い》(스미
　레쇼보すみれ書房)

이시이 유카리石井ゆかり, 《12성좌12星座》(WAVE슛판WAVE出版)

옮긴이 이소담

동국대학교에서 철학 공부를 하다가 일본어의 매력에 빠졌다. 읽는 사람에게 행복을 주는 책을 우리말로 아름답게 옮기는 것이 꿈이고 목표다. 옮긴 책으로《다시 태어나도 엄마 딸》《1일 1채소, 오늘의 수프》《엄마의 엄마》《호러 사피엔스》《하루 100엔 보관가게》《변두리 화과자점 구리마루당》《양과 강철의 숲》《같이 걸어도 나 혼자》《소중한 것은 모두 일상 속에 있다》《오늘의 인생》《서른두 살 여자, 혼자 살만합니다》《다시 태어나도 엄마 딸》《그런 날도 있다》《빵과 수프, 고양이와 함께하기 좋은 날》 등이 있다. 지은 책으로는《그깟 '덕질'이 우리를 살게 할 거야》가 있다.

진짜 소원을 찾아줄까요?
보름달 커피점의 고양이 별점술사2

초판 1쇄 인쇄 2023년 5월 5일
초판 1쇄 발행 2023년 5월 10일

지은이 모치즈키 마이
그린이 사쿠라다 치히로
옮긴이 이소담

펴낸이 최정이
펴낸곳 지금이책
주소 경기도 고양시 일산서구 킨텍스로 410
전화 070-8229-3755
팩스 0303-3130-3753
이메일 now_book@naver.com
블로그 blog.naver.com/now_book
인스타그램 nowbooks_pub
등록 제2015-000174호

ISBN 979-11-88554-67-6 (03830)